Fragments de rose en hologramme

ŒUVRES PRINCIPALES

Neuromancien
Comte Zéro
Gravé sur chrome
Mona Lisa s'éclate
Lumière virtuelle
La machine à différences

Théâtre
Deux sur la balançoire

William Gibson

Fragments de rose en hologramme

et autres nouvelles

Traduit de l'américain par Jean Bonnefoy

Librio

Texte intégral

Nouvelles extraites de *Gravé sur chrome*
Titre original :
BURNING CHROME

Titres originaux : *Johnny Mnemonic* : *Johnny Mnemonic*
Fragments de rose en hologramme : *Fragments of a Hologram Rose*
Hinterland : *Hinterland*
Hôtel New Rose : *New Rose Hotel*
Le marché d'hiver : *Winter Orbit*

Johnny Mnemonic

Je glissai le fusil dans le sac Adidas, planqué sous quatre paires de chaussettes de tennis pour caler, pas du tout mon style, mais c'était le but visé : si on vous croit primaire, faites dans le technique ; si on vous croit technique, donnez dans le primaire. Moi, je suis du genre hypertechnique. Alors j'avais décidé d'être le plus primaire possible. Quoique, de nos jours, il faille être sacrément technicien, ne fût-ce que pour aspirer simplement à jouer les primaires. J'avais dû tourner moi-même dans un jet de laiton les douilles de 12 et les charger moi-même ; et pour ce faire, aller dénicher une vieille microfiche sur la manière de remplir à la main les cartouches ; j'avais dû me bricoler une presse à balancier pour emboutir les amorces – délicat, tout ça. Mais j'étais sûr que ça marcherait.

Le rendez-vous était fixé à 23 : 00 au Drome, mais je descendis trois arrêts après la station la plus proche pour revenir sur mes pas à pied. Impeccable la méthode.

Je me mirai dans la paroi latérale d'une machine à café : visage classique de Blanc, taillé à la serpe, avec une touffe de cheveux raides et noirs. À Sous-le-Scalpel, les filles ne juraient plus que par Sony Mao et ça devenait de plus en plus dur de les empêcher de vous brider un rien les yeux, pour faire plus chic. Ça ne tromperait sans doute pas Ralfi Face mais ça me permettrait peut-être au moins d'approcher de sa table.

Le Drome est une salle unique, étroite – le bar d'un côté et les tables de l'autre –, bourrée de macs, d'arnaqueurs et de tout un assortiment de dealers. C'étaient les Sœurs Chiennes Magnétiques qui officiaient comme videuses ce soir-là, et j'appréciais modérément la perspective de devoir leur filer entre les doigts si jamais ça tournait mal. Elles faisaient deux mètres de haut et étaient élancées comme des lévriers. L'une était noire, l'autre blanche, mais à part ça, elles étaient aussi semblables que peut le permettre la chirurgie esthétique. Elles étaient amantes depuis des années et dans une bagarre, ce n'était pas la joie. Je n'ai jamais bien su laquelle des deux avait été le mâle, à l'origine.

Ralfi était installé à sa table habituelle. Il me devait un sacré paquet de fric. J'avais des centaines de mégaoctets planqués dans la tête selon la technique idiot/savant, des informations auxquelles je n'avais consciemment aucun accès. Ralfi les avait laissées. Il n'était pas non plus revenu les chercher. Lui seul pouvait récupérer les données à l'aide d'une phrase-code de son propre cru. En temps de stockage, je ne suis déjà pas bon marché mais, en cas de dépassement, mes tarifs deviennent franchement astronomiques. Et Ralfi avait eu tendance à se faire oublier.

Et puis voilà que j'avais appris que Ralfi avait commandité un tueur pour m'éliminer. D'où mon idée d'organiser cette rencontre au Drome avec lui. Sauf qu'en l'occurrence, j'étais un certain Edward Bax, importateur clandestin, officiant naguère à Rio et à Pékin.

Le Drome puait le trafic : arrière-goût métallique de tension nerveuse. Des malabars éparpillés dans la foule jouaient des biceps en échangeant de minces sourires glacés et certains étaient noyés sous de telles masses de muscles greffés qu'ils n'avaient presque plus figure humaine.

Pardon. Pardon, les gars. Moi, je ne suis qu'Eddie Bax, Fast Eddie, le roi de l'import, avec son sac de sport tout bête, et non, ne faites pas attention à cette fente, tout juste assez large pour y glisser la main droite.

Ralfi n'était pas seul. Quatre-vingts kilos de bœuf californien blond étaient juchés avec aisance sur la chaise voisine, un vrai catalogue d'arts martiaux.

Fast Eddie Bax s'était installé sur la chaise en face avant que l'autre bovidé ait levé les mains de la table. « Z'êtes ceinture noire ? » m'enquis-je avec curiosité. Il acquiesça, trajet machinal des yeux bleus, de mes yeux à mes mains, pour me scruter. « Moi aussi, répondis-je. J' l'ai même dans mon sac. » Et, glissant la main par la fente, je relevai le cran de sûreté. Clic. « Calibre douze à double canon avec détentes couplées.

– Ça, c'est du flingue », apprécia Ralfi, retenant son gorille en posant une main potelée sur les pectoraux qui tendaient le nylon bleu. « Notre Johnny se trimballe avec une arme de collection dans son sac. » Au temps pour Edward Bax.

Je suppose qu'il avait toujours été Ralfi Machin ou Truc, mais son nom, il le devait à une singulière vanité. Bâti plus ou moins comme une poire extra-blette, il avait arboré les traits jadis fameux de Christian White pendant vingt ans – Christian White de l'Aryan Reggae Band, le Sony Mao de sa génération, l'ultime champion de Race Rock. Question conneries, je suis un vrai puits de science.

Christian White : l'archétype de la pop star, muscles bien définis et pommettes ciselées du chanteur. Angélique sous un certain angle, élégamment dépravé sous un autre. Mais les yeux de Ralfi vivaient derrière ce visage, et ces yeux étaient petits, froids et noirs.

« Je vous en prie, fit-il, réglons tout ceci en hommes d'affaires. » Sa voix était imbibée d'une horriblement gluante sincérité et les coins de sa jolie bouche de Christian White étaient perpétuellement humides. « Lewis ici présent (signe de tête en direction du bovidé) est un tas de barbaque. » Lewis ne broncha pas, il avait un peu l'air d'un kit mal monté. « Vous, Johnny, vous n'êtes pas un tas de barbaque.

– Bien sûr que si, Ralfi, un joli tas de barbaque bourré d'implants où fourrer votre linge sale pendant que vous allez faire votre marché, choisir les gens pour me liquider. Vu de mon côté du sac, Ralfi, m'est avis que ça mériterait un minimum d'explications...

– C'est à cause de cette dernière livraison, Johnny. (Gros soupir.) En tant que courtier...

– Receleur, rectifiai-je.

– ... que courtier, je suis généralement très prudent, en ce qui concerne mes sources.

– Vous n'achetez qu'aux meilleurs voleurs. Pigé. »

Nouveau soupir. « J'essaie, reprit-il d'un ton las, de ne pas acheter à des imbéciles. Cette fois, j'en ai peur, j'ai commis cette erreur. » Troisième soupir, signal pour Lewis d'enclencher le disrupteur neural qu'ils avaient scotché sous mon côté de la table.

Je bandai toute mon énergie à crisper l'index de la main droite, mais il semblait ne plus m'appartenir. Je pouvais sentir le métal de l'arme, le ruban caoutchouté dont j'avais enveloppé la crosse sciée, mais mes mains étaient comme de la cire froide. Distantes. Inertes. J'espérais que Lewis était bien un tas de barbaque, assez stupide pour se ruer sur le sac de sport et tenter de décrocher mon doigt crispé. Mais non.

« On s'est fait beaucoup de mauvais sang pour vous, Johnny. Beaucoup. Voyez-vous, ce que vous avez là est la propriété du Yakuza. Un crétin leur avait piqué, Johnny. Un crétin mort. »

Lewis gloussa.

Soudain, tout se tenait. Et c'était plutôt moche. L'effet d'avoir la tête prise entre deux sacs de sable mouillé. Tuer, ce n'était pas le style de Ralfi. Lewis non plus, ce n'était pas son style. Mais il s'était retrouvé pris en tenaille entre les Fils du Chrysanthème de Néon et un truc qui leur appartenait – ou, plutôt, qu'ils détenaient mais qui appartenait à un tiers. Bien entendu, Ralfi pouvait toujours utiliser la phrase clé pour me faire basculer en phase idiot/savant : je leur débiterais tout le programme sans m'en souvenir d'un iota. En temps normal, pour un receleur comme Ralfi, ça aurait dû suffire. Mais pas pour le Yakuza. D'abord, le Yakuza connaissait l'existence des Pieuvres et, d'autre part, ils apprécieraient modérément qu'on s'amuse à venir me piquer dans la tête les traces en mémoire rémanente de leur programme. Je ne savais pas grand-chose sur les Pieuvres, mais j'avais entendu des rumeurs et mettais un point d'honneur à ne pas les répéter à mes clients. Non, le Yakuza n'apprécierait sûrement pas ; ça ressemblait trop à une preuve. Et ils n'étaient pas arrivés où ils étaient en laissant traîner des preuves. Surtout vivantes.

Lewis était hilare. Je crois bien qu'il visualisait un point juste derrière mon front en s'imaginant comment y parvenir sans ménagement.

« Eh ! dites donc les cow-boys, dit une voix sourde, féminine, quelque part derrière mon épaule droite, z'avez pas l'air de vous amuser des masses.

– Dégage, salope », dit Lewis. Son visage buriné n'avait pas bougé. Ralfi avait l'air décontenancé.

« On se calme. Personne ne veut un peu de base extra, sans intermédiaire ? »

Elle avait pris une chaise et s'était assise avant qu'aucun des deux hommes ait eu le temps de l'en empêcher. Elle entrait de justesse dans mon champ visuel figé, une fille mince avec des lunettes réfléchissantes, une touffe de cheveux bruns hirsutes. Blouson de cuir noir, ouvert sur un T-shirt à rayures diagonales rouges et noires. « Huit mille le gramme. »

Lewis grogna avec exaspération et voulut la relever de force. Sans doute s'y prit-il mal, car ce fut elle qui leva la main, comme pour lui effleurer le poignet au passage. Une tache de sang vermeil s'étala sur la table. Il agrippait son poignet à en avoir les phalanges livides. Le sang gouttait entre ses doigts serrés.

Mais la fille n'avait-elle pas eu la main vide ?

Il allait avoir besoin de se faire recoudre le tendon. Il se leva précautionneusement, évitant de renverser sa chaise. Qui bascula néanmoins tandis qu'il sortait de mon champ visuel sans avoir prononcé un mot.

« Vilaine coupure, dit la fille. Vaudrait mieux qu'il se fasse examiner par un toubib.

– Vous n'avez pas idée, dit Ralfi d'une voix soudain très lasse, de la profondeur du tas de merde dans lequel vous venez de vous fourrer.

– Sans blague ? Une énigme ? J'adore les énigmes. Par exemple, pourquoi votre copain, là, est si calme ? Comme qui dirait congelé. Ou alors, à quoi sert ce truc, là ? » Sur quoi elle brandit la petite télécommande qu'elle était parvenue à subtiliser à Lewis. Ralfi avait l'air très mal.

« Vous... euh... voudriez pas un quart de million pour me rendre ça et mettre les bouts ? » D'une main boudinée, il caressa nerveusement sa figure pâle et maigre.

« Ce que je veux (scintillement de la télécommande qu'elle faisait tournoyer du bout des doigts), c'est du travail, un boulot. Votre petit gars s'est fait bobo au poignet. Mais un quart de million, ça ira, comme acompte. »

Ralfi éructa bruyamment puis se mit à rire, révélant une denture qui n'était plus du tout à la norme Christian White.

À cet instant, la fille coupa le disrupteur.

Je mis alors mon grain de sel :

« Deux millions.

– Voilà mon genre d'homme ! (Et elle rigola.) Qu'est-ce qu'il y a dans le sac ?

– Un flingue.

– D'un primaire ! » On pouvait prendre ça pour un compliment.

Ralfi ne disait toujours rien.

« Je m'appelle Millions. Molly Millions. Tu veux pas sortir, chef ? Les gens commencent à nous reluquer. » Elle se leva. Ses jeans de cuir avaient la couleur du sang séché.

Je m'aperçus alors que ses verres-miroirs étaient en fait des implants chirurgicaux : leur surface argentée saillait en courbe douce des pommettes haut placées, scellant les yeux dans leurs orbites. J'y voyais le reflet de mon nouveau visage dédoublé.

« Moi, c'est Johnny. On emmène avec nous monsieur Face. »

Il attendait dehors. L'allure du touriste techno classique : sandalettes en plastique et chemise hawaiienne ringarde avec, en guise de motifs imprimés, des agrandissements du microprocesseur le plus vendu par sa boîte ; le petit mec insipide, le genre à finir soûlé au saké dans les bars qui servent des petites croquettes de riz garnies d'algues. Le genre à bramer l'hymne de sa boîte, les larmes aux yeux, en serrant interminablement la main au barman. Les macs et les dealers lui foutaient la paix ; ils l'avaient rangé dans la catégorie des pères tranquilles de naissance : pas de gros besoins et, de toute manière, pas de ceux qu'ont la carte à puce qui les démange.

J'ai cru comprendre par la suite qu'on avait dû l'amputer d'une partie du pouce gauche, quelque part sous la première phalange, pour y installer une prothèse, puis évider le moignon pour y installer une bobine montée sur une crapaudine en diamant synthétique Ono-Sendaï. Ensuite, ils n'avaient plus eu qu'à délicatement enrouler sur la bobine trois mètres de filament monomoléculaire.

Molly s'était lancée dans une vague discussion avec les Sœurs Chiennes Magnétiques et j'en profitai pour faire sortir Ralfi, lui appuyant discrètement mon sac de sport dans le creux des reins. Elle semblait les connaître : j'entendis rigoler la Noire.

Je levai les yeux, simple réflexe, peut-être parce que je ne suis jamais arrivé à m'y faire, à ces hautes arches lumineuses et aux ombres du dôme au-dessus. Sans doute est-ce ce qui m'a sauvé la vie.

Ralfi avait continué d'avancer, mais je ne crois pas qu'il essayait de s'enfuir. J'ai l'impression qu'il avait déjà renoncé. Peut-être qu'il avait déjà une idée de l'envergure de notre adversaire.

Je baissai les yeux juste à temps pour le voir exploser.

Récapitulons la scène : Ralfi avance au moment où le petit techno jaillit de nulle part, tout sourires. Juste une esquisse de courbette et son pouce gauche se barre. Le vrai tour de magie. Le pouce reste suspendu. Le coup du miroir ? Des ficelles ? Et Ralfi s'immobilise, toujours le dos tourné, la sueur dessine des croissants sombres aux aisselles de son costume clair d'été. Il sait. Il a dû savoir. Et puis le pouce de farces et attrapes, lourd comme du plomb, décrit un fulgurant arc de cercle, comme un yo-yo, et le fil invisible qui le relie à la main du tueur traverse latéralement le crâne de Ralfi, juste au-dessus des sourcils puis, arrivé à bout de course, redescend en découpant de biais le torse piriformé, de l'épaule à la cage thoracique. Des coupures si fines que pas une goutte de sang n'en jaillit jusqu'au moment où les synapses se mettent en court-jus et que les premières convulsions livrent le corps à la pesanteur.

Ralfi tombe en pièces dans un nuage rose de fluides, les trois sections dépareillées viennent bouler sur le carrelage du trottoir. Dans un silence total.

Je ramène vers moi le sac de gym, ma main se crispe. Le recul faillit me briser le poignet.

Il avait dû pleuvoir ; des rubans liquides cascadaient d'un dôme fissuré, éclaboussant le carrelage derrière nous. Nous étions tapis dans l'étroite fissure entre une boutique de chirurgie et un magasin d'antiquités. Elle venait de glisser un œil-miroir dans l'encoignure et me signala la présence d'un unique module Volks devant la porte du Drome, gyrophares rouges allumés. Ils ramassaient Ralfi à la pelle. Tout en posant des questions.

J'étais couvert de fragments de peluche blanche. Les chaussettes de tennis. Du sac de sport ne subsistait plus qu'un lambeau de plastique : la poignée, autour de ma main. « Merde, je vois vraiment pas comment j'ai pu le rater.

– C'est qu'il est rapide, si rapide. » Accroupie sur ses talons bottés, elle oscillait d'avant en arrière, serrant les genoux. « Son système nerveux est accéléré. De la bidouille industrielle. » Elle sourit, poussa un petit gloussement ravi. « Ce mec, je vais me le faire. Cette nuit. C'est le meilleur, le numéro un, le grand prix, la classe.

– Si tu veux te faire quelque chose, pour avoir tes deux briques, c'est la paire. Ton petit copain, là-bas, a quasiment grandi dans une cuve à Chiba. C'est un tueur du Yakuza.

– Chiba. Ouais. Vois-tu, Molly aussi, elle est passée par Chiba. » Et elle me présenta ses mains, les doigts légèrement écartés. Elle avait les doigts minces, effilés, d'un blanc que faisait ressortir la laque rouge de son vernis. Dix lames jaillirent de leur gaine sous les ongles, chacune était un fin scalpel d'acier bleuté à double tranchant.

Je n'ai jamais passé beaucoup de temps dans la Cité de la Nuit. Personne là-bas n'avait de quoi m'acheter mes souvenirs et la plupart devaient au contraire payer régulièrement pour oublier. Des générations de fines gâchettes avaient fait des cartons sur les rampes fluorescentes jusqu'à ce que le service d'entretien finisse par jeter l'éponge. Même en plein midi, les arbres étaient d'un noir de suie sur un vague fond nacré.

Où iriez-vous quand l'organisation criminelle la plus riche du monde vous suit à la trace, de ses doigts calmes et lointains ? Où se cacher du Yakuza, si puissant qu'il possède ses propres satellites de communication et pas moins de trois navettes ? Le Yakuza est une vraie multinationale, au même titre qu'ITT ou Ono-Sendaï. Cinquante ans avant ma naissance, le Yakuza avait déjà absorbé les Triades, la Mafia et l'Union corse.

Molly avait une réponse : se planquer dans la Fosse, le dernier cercle, là où toute influence extérieure engendre aussitôt des ondes concentriques de menace pure. Se planquer dans la Cité de la Nuit. Mieux même : se planquer *au-dessus,* parce que la Fosse est inversée, son tréfonds touche le ciel, ce ciel que la Cité ne voit jamais, qui transpire sous son propre firmament de résine acrylique. Là-haut, où les Lo Teks se tiennent tapis dans l'ombre comme des gargouilles, la cigarette de marché noir pendue au bec.

Elle avait également une autre réponse.

« Alors comme ça, t'es bel et bien verrouillé, Johnny-san ? Pas moyen d'accéder à ce programme sans le mot de passe ? » Elle me guidait vers les ombres qui attendaient au-delà du quai de métro brillamment éclairé. Les murs de béton étaient couverts de graffitis, des années entières de griffonnages enchevêtrés en un unique métaparaphe de rage et de frustration.

« Les données à stocker sont introduites par l'intermédiaire d'une série modifiée de prothèses antiautismes microchirurgicales. » Je lui débitai une version machinale de mon baratin habituel de représentant. « Le code du client est mis en mémoire sur une puce spéciale ; en dehors des Pieuvres, dont on évite de causer dans la profession, il n'existe aucun moyen de récupérer la phrase clé. Ni par la drogue, ni par le bistouri, ni par la torture. Moi-même, je ne la sais pas, je ne l'ai jamais sue.

– Des pieuvres ? Ces trucs pleins de tentacules ? » Nous émergeâmes dans une rue du marché déserte. Des ombres nous surveillaient de l'autre côté d'un étal de fortune jonché de têtes de poisson et de fruits pourris.

« Piégeurs d'Interférences En Ultra-Vide par Repérage d'Effet Supraconducteur[1]. On s'en servait pendant la guerre pour repérer les sous-marins ennemis, en détectant leurs systèmes cybernétiques.

– Ouais ? Du matos de la Marine ? Des surplus de guerre ? Et tu dis que ces Pieuvres pourraient décoder ta puce ? » Elle s'était arrêtée et je sentis ses yeux me scruter derrière leurs miroirs jumeaux.

« Même les modèles les plus primitifs seraient capables de mesurer un champ magnétique d'un milliardième du champ magnétique terrestre ; l'équivalent d'isoler un soupir au milieu des clameurs d'un stade en délire.

– Ça, les flics savent déjà le faire, avec des micros à réflecteur parabolique et des lasers.

– Mais les données n'en sont pas moins en sécurité. (Toujours l'orgueil professionnel.) Aucun gouvernement ne se risquerait à laisser des Pieuvres dans les mains des flics, pas même les barbouzes de la sécurité. Trop de risques de crocs-en-jambe entre les services ; avec un nouveau Watergate à la clé.

– Du matos de la Marine, répéta-t-elle, et son sourire luisait dans l'ombre. Du matos de la Marine. J'ai justement un pote, dans le coin, qui a servi dans la Marine. Jones, il s'appelle. Je crois que t'aurais intérêt à le rencontrer. Encore que… c'est un junkie. Faudra lui apporter quelque chose.

– Un junkie ?

– Un dauphin. »

C'était plus qu'un dauphin, même si, du point de vue de ses congénères, il l'aurait sans doute été plutôt moins. Je le regardais s'ébattre mollement dans sa cuve en galvanisé. L'eau qui

1. Ce n'est pas une invention : SQUID (*calmar* en anglais) est l'acronyme de Superconducting Quantum Interference Detector : l'équivalent officiel français est magnétomètre à effet Josephson, ce qui est nettement moins évocateur. (*N.d.T.*)

en débordait me mouillait les chaussures. C'était un surplus de la dernière guerre. Un cyborg.

Il jaillit de l'eau, nous révélant les plaques incrustées le long de ses flancs : comme un calembour visuel, sa grâce naturelle quasi annihilée sous cette armure articulée, balourde et préhistorique. De part et d'autre du crâne deux excroissances avaient été ménagées artificiellement pour abriter les capteurs. Des lésions luisaient sur les sections visibles de son épiderme blanc grisâtre.

Molly siffla. Jones battit de la queue, provoquant de nouvelles gerbes d'eau.

« On est où, ici ? » J'apercevais de vagues formes dans le noir, maillons rouillés et trucs planqués sous des bâches. Au-dessus de la cuve était suspendue une charpente de bois grossière, où s'entrecroisaient des rangées de guirlandes de Noël poussiéreuses.

« Le parc d'attractions. Zoo et manèges. "Venez parler avec la Baleine guerrière." Tout le tremblement. Tu parles d'une baleine, Jones… »

Jones se dressa de nouveau sur la caudale et me fixa de son œil de vieux sage triste.

« Comment ça, il parle ? » Soudain, j'étais pressé de partir.

« C'est ça, tout le truc. Jones, dis bonjour. »

Et toutes les ampoules s'allumèrent simultanément. Éclats rouges, violets, blancs.

R	V	B	R	V	B	R	V	B
V	B	R	V	B	R	V	B	R
B	R	V	B	R	V	B	R	V
R	V	B	R	V	B	R	V	B
V	B	R	V	B	R	V	B	R
B	R	V	B	R	V	B	R	V
R	V	B	R	V	B	R	V	B
V	B	R	V	B	R	V	B	R
B	R	V	B	R	V	B	R	V

« Il est fort, question symboles, vois-tu, mais le code est limité. Dans la Marine, ils l'avaient connecté sur un affichage audiovisuel. » (Elle sortit un paquet mince d'une poche de son blouson.) « C'est de l'extra, Jones. T'en veux ? » Le dauphin se figea dans l'eau et se laissa soudain couler. Je ressentis comme une étrange panique, me rappelant que ce n'était pas un poisson, qu'il pouvait se noyer. « On veut la clé de la banque de Johnny, Jones. Ça urge. » Les lumières vacillèrent, s'éteignirent.

« Allez, viens chercher, Jones ! »

```
        V
        V
V V V V V V V V V
        V
        V
        V
        V
        V
        V
```

Ampoules violettes, en croix.

Obscurité.

« C'est de la pure ! Im-ma-cu-lée. Allez, viens, Jones. »

```
R R R R R R R R R
R R R R R R R R R
R R R R R R R R R
R R R R R R R R R
R R R R R R R R R
R R R R R R R R R
R R R R R R R R R
R R R R R R R R R
R R R R R R R R R
```

Un éclair blanc de magnésium délava les traits de la fille, monochrome éblouissant, découpant ses pommettes en ombres dures.

```
R       R R R R R
R       R
R       R
R       R
R R R R R R R R R
        R       R
        R       R
        R       R
R R R R R       R
```

Les branches du svastika rouge se reflétaient, déformées, dans le miroir de ses yeux. « Donne-lui, Molly. Ça y est, on l'a. »

Ce Ralfi Face. Aucune imagination.

Jones hissa sa masse cuirassée par-dessus le rebord de la cuve et je crus le métal bien près de céder. Le bras tendu, Molly le piqua avec l'injecteur, enfonçant l'aiguille entre deux plaques. Le gaz propulseur siffla. Explosion spasmodique de motifs lumineux sur le cadre en bois, puis fondu au noir.

Nous laissâmes Jones dériver et rouler avec langueur dans l'eau sombre. Peut-être qu'il revivait en rêve sa guerre du Pacifique, les cybermines qu'il avait désamorcées, se frayant délicatement un passage dans leurs circuits grâce à la Pieuvre qui lui avait servi à copier le pathétique mot de passe gravé par Ralfi sur la puce au fond de ma tête.

« J'arrive encore à imaginer que la Marine ait fait la gaffe de le démobiliser en lui laissant tout son attirail intact mais tu m'expliqueras comment un dauphin cybernétique a pu se retrouver camé ?

– La guerre. Camés, ils l'étaient tous. Ils les droguaient. Comment auraient-ils travaillé pour eux, sinon ? »

« Je suis pas sûr que ça s'annonce comme une bonne affaire, dit le pirate, histoire de faire monter les enchères. Chercher les coordonnées d'un comsat qui n'est même pas catalogué…

– Tu me fais encore perdre mon temps et y aura plus rien à annoncer », et Molly se pencha par-dessus le comptoir de plastique éraflé, brandissant un index menaçant.

« Alors, t'aimes p't-être mieux acheter tes micro-ondes ailleurs ? » C'était un coriace, derrière sa gueule à la Mao. Un natif de la Cité, sans doute.

En un éclair, la main de Molly griffa de haut en bas son blouson, sectionnant entièrement un revers sans même froisser le tissu.

« Alors, marché conclu, oui ou non ?

– Marché conclu », répondit-il en fixant son revers fichu avec – espérait-il – tout au plus la marque d'un intérêt poli. « Marché conclu. »

Pendant que je vérifiais le fonctionnement des deux magnétos que nous venions d'acheter, elle fit glisser la fermeture de sa poche de manche et en sortit le bout de papier que je lui avais donné. Elle le déplia, le lut en silence en remuant les lèvres, haussa les épaules. « C'est ça ?

– Accouche », dis-je tout en pressant la touche ENREGISTREMENT sur les deux appareils simultanément.

Elle récita : « Christian White et son Aryan Reggae Band. »

Fidèle, le Ralfi. Fan du groupe jusqu'à sa dernière heure.

La transition vers le mode idiot/savant est toujours moins abrupte que je ne m'y attends. La couverture de l'émetteur pirate était une agence de voyages à la dérive installée dans un cube pastel qui arborait royalement un bureau, trois chaises et une affiche délavée pour une station thermale suisse en orbite. Un couple d'oiseaux pêcheurs au corps en verre soufflé et aux pattes métalliques plongeaient avec monotonie le bec dans une tasse en polystyrène expansé, sur une corniche près de l'épaule de Molly. Quand je me phasai sur le mode, ils se mirent à accélérer graduellement jusqu'à ce que leurs crêtes fluo deviennent des arcs-en-ciel solides. Les diodes luminescentes qui marquaient les secondes sur l'horloge murale en plastique s'étaient muées en un réseau pulsant incompréhensible tandis que Molly et Gueule de Mao devenaient flous, leurs bras esquissant à l'occasion l'ombre d'un battement rapide comme une aile d'insecte. Puis tout s'effaça dans le brouillard gris froid des parasites et l'interminable mélopée d'un langage artificiel.

Assis là, je leur chantai le programme piqué par feu Ralfi durant trois heures d'horloge.

Le mail s'étire sur quarante kilomètres de bout en bout, sous un amoncellement déchiqueté de dômes Fuller qui recouvrent ce qui naguère avait été une artère de banlieue. Si le ciel est clair quand ils éteignent les arcs, une grise approximation de lumière solaire filtre à travers les couches d'acrylique, révélant un paysage analogue aux croquis des prisons de Piranèse. Les trois derniers kilomètres vers le sud surplombent la Cité de la Nuit. La Cité ne paie ni taxes ni impôts. Les arcs de néon sont morts, et les géodes sont depuis longtemps noircies par des décennies de fumée de réchauds. Dans la quasi totale obscurité qui règne à midi dans la Cité, qui remarquerait quelques douzaines d'enfants fous accrochés aux charpentes ?

Cela faisait deux heures que nous grimpions, par des escaliers de béton et des échelles d'acier aux barreaux perforés dépassant des grues abandonnées et des outils couverts de poussière. Nous étions partis de ce qui était apparemment un dépôt désaffecté du service d'entretien, encombré de sections de toiture triangulaires. Tout y avait été recouvert d'un bombage uniforme : noms de bandes, initiales, dates remontant au début du siècle. Les graffitis nous accompagnaient dans notre ascension, se raréfiant graduellement jusqu'à ne laisser qu'un seul nom, répété à intervalles réguliers : LO TEK. En capitales noires baveuses.

« Qui est Lo Tek ?

– Pas nous, chef. » Elle escalada une échelle d'alu vacillante et s'évanouit par un trou percé dans une feuille de plastique ondulé. « " *Low technics, low technology* " : des minimalistes de la technologie. » Le plastique étouffait sa voix. Je grimpai derrière elle, évitant de forcer sur mon poignet douloureux. « Ton coup du flingue, les Lo Teks, ils trouveraient ça décadent. »

Une heure plus tard, je me hissais par un autre orifice, grossièrement découpé celui-ci dans une feuille de contreplaqué affaissée, et rencontrais mon premier Lo Tek.

« L'est O.K., dit Molly en me caressant l'épaule. C'est juste Dogue. Eh, Dogue ! »

Éclairé par le fin pinceau de la torche de la fille, il nous considéra de son œil unique puis, sortant lentement une impressionnante longueur d'épaisse langue grisâtre, pourlécha ses canines démesurées. Je m'étonnai que la transplantation de crocs de doberman soit considérée chez eux comme de la technologie minimaliste. Que je sache, les immunosuppresseurs ne poussaient pas spécialement sur les arbres.

« Moll. » L'accroissement du volume dentaire entravait son élocution. Un filet de salive coulait de sa lèvre inférieure déformée. « T'avais entendue v'nir. D'puis longtemps. » Il devait avoir dans les quinze ans, mais les crocs et la mosaïque écarlate des cicatrices s'associaient à l'orbite béante pour lui donner un masque de parfaite bestialité. Il avait certainement fallu du temps et une certaine forme de créativité pour le composer, ce masque, et sa posture m'indiquait avec éloquence qu'il ne se déplaisait pas, derrière. Il portait une paire de jeans en loques, noirs de crasse, aux plis luisants. Il avait le torse et les pieds nus. Il plissa la bouche en une approximation de sourire. « Z'avez été suivis, vous. »

Loin, tout en bas dans la Cité de la Nuit, un porteur d'eau hélait le chaland.

« On joue les Tarzans, Dogue ? » Molly avait détourné sa lampe sur le côté, et je découvris dans le faisceau de fines cordes fixées à des mousquetons boulonnés, des cordes qui partaient du bord et se perdaient dans la nuit.

« Éteins c'te putain de lampe ! »

Elle obtempéra.

« Comment ça s' fait que votre suiveur n'ait pas de lampe ?

– Y peut s'en passer. C'est un client sérieux, Dogue. Tes sentinelles lui cherchent des crosses, elles rentrent chez elles en pièces détachées.

– Çui-là, c'est un ami-ami, Moll ? » Il paraissait mal à l'aise. Je l'entendais racler des pieds sur le contreplaqué usé.

« Non. Mais il est pour moi. Et celui-ci (elle me tapa sur l'épaule), c'est un ami. Pigé ?

– Bien sûr », fit-il sans grand enthousiasme, gagnant d'un pas traînant le bord de la plate-forme où étaient arrimés les mousquetons. Il se mit à transmettre une espèce de message en jouant sur les cordes tendues.

La Cité de la Nuit s'étendait en dessous de nous comme un village miniature réservé à des rats ; des fenêtres minuscules laissaient apercevoir la lueur de chandelles avec, à de rares endroits, des carrés brillants illuminés par l'éclat de lampes à piles ou à acétylène. J'imaginai des vieillards occupés à d'interminables parties de dominos, sous l'averse grasse et tiède du linge humide tendu à sécher entre les baraques en contreplaqué. Puis j'essayai d'imaginer l'autre, en train d'escalader patiemment dans l'obscurité, avec ses sandales et son infâme liquette de touriste, peinard, sans se presser. Comment faisait-il pour nous repérer ?

« Bien, dit Molly. Il nous suit à l'odeur.

– Une clope ? » Dogue sortit de sa poche un paquet écrasé dont il tira avec précaution une cigarette aplatie. Je lorgnai la marque lorsqu'il me l'alluma à l'aide d'une allumette de cuisine. Des Yiheyuan filtre. Manufacture de tabac de Pékin. J'en conclus que les Lo Teks faisaient du marché noir. Dogue et Molly étaient repartis dans leur discussion, qui semblait tourner autour du désir de cette dernière d'utiliser un fragment du domaine Lo Tek.

« Je t'ai déjà rendu un tas de services, mec. Je veux ce plancher. Et la musique.

– T'es pas une Lo Tek... »

Ça a bien dû s'éterniser durant presque tout le kilomètre tortueux, sous la conduite de Dogue, de passerelles branlantes en échelles de corde. Les Lo Teks collent leurs filets et arriment leurs planques contre la charpente de la Cité à grand renfort d'époxyde, et ils dorment au-dessus du vide dans des hamacs en toile. Leur territoire est si évanescent que, par endroits, il se réduit au mieux à quelques prises pour les mains et les pieds, taillées à la scie dans les poutrelles des coupoles.

« Le Plancher qui Tue », c'était l'expression de Molly. Tout en la suivant tant bien que mal, trahi par mes chaussures neuves d'Eddie Bax qui dérapaient sur le métal usé et le bois humide, je me demandais bien ce qu'il pouvait avoir de plus létal que le reste du territoire. En même temps, je sentais que les protestations de Dogue n'étaient que rituelles et qu'elle était déjà certaine d'obtenir ce qu'elle voulait.

Quelque part en dessous de nous, Jones devait tournicoter dans sa cuve, en proie aux premières affres du manque. La police devait harceler les habitués du Drome avec des questions sur Ralfi. Que faisait-il ? Avec qui se trouvait-il avant de sortir ? Et le Yakusa devait être en train de recouvrir de son ombre spectrale les banques de données de la Cité, à l'affût de vagues reflets de mon image sur des comptes numérotés, des transactions boursières, des quittances de taxes. Nous sommes dans une économie de l'information. C'est ce qu'on vous apprend à l'école. Ce qu'ils oublient de vous dire, c'est qu'il est impossible de se déplacer, de vivre, d'agir à quelque niveau que ce soit sans laisser des traces, des éléments, des indices, des fragments d'informations personnelles anodins en apparence. Fragments qu'il est toujours possible de récupérer, d'amplifier...

Mais depuis le temps, notre pirate devait avoir balancé notre message sur la file d'attente de l'émetteur crypté vers le comsat du Yakuza. Un message simple : « Rappelez vos chiens ou on diffuse partout votre programme. »

Le programme. Je n'avais aucune idée de son contenu. Je n'en ai toujours aucune. Je me contente de chanter l'air, sans rien piger aux paroles. C'étaient sans doute des données ayant trait à de la recherche, le Yakuza se consacrant aux formes les plus élaborées d'espionnage industriel. Tout dans la dentelle : l'air de rien, on pique à Ono-Sendaï des trucs qu'on leur restitue bien poliment contre rançon, en faisant peser la menace de flamber l'avance technologique du conglomérat en balançant son produit dans le domaine public.

Mais, dans ce cas, pourquoi ne pas y jouer à plusieurs ? Ne seraient-ils pas encore plus ravis d'avoir quelque chose à revendre à Ono-Sendaï, plus contents que d'avoir sur les bras un cadavre de Johnny ramassé à Memory Lane ?

Leur programme était en route vers une adresse à Sydney, une boîte aux lettres qui, contre modeste contribution, tenait lieu de poste restante à ses clients, sans leur poser trop de questions. En courrier lent, par bateau. J'avais effacé la majeure partie de l'autre copie et enregistré notre message dans l'espace vacant, ne laissant subsister que le minimum d'instructions pour qu'on l'identifie comme le programme d'origine.

Le poignet me faisait mal. J'avais envie de m'arrêter, de m'allonger, de dormir. Je savais que je ne tarderais pas à lâcher prise et à dégringoler, que les élégantes chaussures noires achetées tout exprès pour jouer les Eddie Bax allaient déraper et m'envoyer m'aplatir sur la Cité de la Nuit. Mais voilà que l'image de l'autre m'apparut en esprit, scintillant comme un hologramme religieux de pacotille, l'agrandissement de la puce imprimé sur sa chemise hawaiienne pareil à la vue aérienne d'un centre urbain promis aux démolisseurs.

Je me remis donc à suivre Dogue et Molly dans le dédale du paradis Lo Tek, bricolé et rafistolé à partir de rebuts que même la Cité ne voulait pas.

Le Plancher qui Tue faisait huit mètres de côté : l'œuvre d'un géant qui aurait entrelacé des câbles d'acier à travers une décharge, puis tendu le tout. Il grinçait chaque fois qu'il bougeait et il bougeait sans cesse, oscillait et tressautait à mesure que les Lo Teks s'installaient sur le banc de contreplaqué disposé tout autour. Le bois avait avec les ans pris une teinte argentée ; il était poli par l'usure et profondément gravé d'initiales, de menaces, de déclarations enflammées. Cette tribune était elle-même suspendue à un autre jeu de câbles qui allaient se perdre dans les ténèbres par-delà l'éclat blanc cru de deux antiques projecteurs suspendus au-dessus du Plancher.

Une fille aux dents semblables à celles de Dogue atterrit à quatre pattes sur le Plancher. Elle avait les seins tatoués de spirales indigo. Puis, riant, elle traversa le Plancher en diagonale pour aller s'accrocher à un garçon en train de se descendre à la régalade un litron de breuvage de couleur foncée.

Le style Lo Tek allait des cicatrices aux tatouages ; en passant par les dents. Le recours à l'électricité qu'ils détournaient pour éclairer le Plancher qui Tue semblait une exception à leurs principes esthétiques dictés par des considérations… rituelles, sportives, artistiques ? Je n'aurais su dire. Toujours est-il que le Plancher apparaissait comme quelque chose de spécial. Sa construction semblait avoir mobilisé les efforts de plusieurs générations.

J'étreignais toujours mon arme inutile. Sous ma veste, son contact dur et massif était réconfortant même si je n'avais plus de balles. Et la pensée me vint soudain que je n'avais pas la moindre idée de ce qui était en train de se passer – ou de ce qui était censé se passer… À vrai dire, c'était précisément mon lot puisque j'avais consacré l'essentiel de mon existence à jouer les réceptacles aveugles destinés à recueillir le savoir d'autrui pour être ensuite vidangé, crachant un flot de langages synthétiques à jamais incompréhensibles pour moi. Le gars hypertechnique. Pas de doute.

Et puis, je remarquai soudain à quel point les Lo Teks étaient devenus silencieux. L'autre était là, au ras de l'ombre, jaugeant l'arène et le public de Lo Teks muets avec le calme apparent d'un simple touriste. Et lorsque nos regards se croisèrent pour la première fois dans un éclair de reconnaissance mutuelle, me vint en un déclic le souvenir de Paris, des longs électrocars Mercedes glissant sous la pluie vers Notre-Dame, serres itinérantes aux vitres garnies de visages japonais avec leurs cent Nikon qui se dressaient avec ensemble, fleurs d'acier et de cristal, en un aveugle phototropisme. Derrière ses yeux, quand ils me trouvèrent, je vis glisser les lames du même obturateur. Je cherchai du regard Molly Millions, mais elle avait disparu.

Les Lo Teks s'écartèrent pour lui permettre d'enjamber le banc. Il s'inclina, souriant, et quitta prestement ses sandales qu'il disposa, bien rangées côte à côte, avant de descendre sur le Plancher. Il s'avança vers moi, traversant cet ondulant trampoline de gravats comme un banal touriste foule la peluche synthétique d'un hall d'hôtel anonyme.

Molly se laissa choir sur le Plancher.

Qui gémit.

Il était bourré de micros et d'amplis : capteurs fixés sur les gros ressorts à boudin disposés aux quatre coins et pastilles de contact collées au hasard sur des fragments de machinerie dévorés de rouille. Quelque part, les Lo Teks avaient installé un ampli couplé à un synthé et je distinguais à présent les contours de haut-parleurs arrimés en surplomb, derrière l'éclat blanc cru des projecteurs.

Une boîte à rythme démarra, tel un cœur amplifié, battant avec la régularité d'un métronome.

Elle avait ôté son blouson de cuir et ses bottes ; son débardeur laissait voir, tatoués sur ses bras maigres, les vagues contours de circuits électroniques de Chiba. Son jean en cuir luisait sous les projecteurs. Elle se mit à danser.

Elle fléchit les genoux, pieds blancs crispés sur un réservoir d'essence aplati, et le Plancher qui Tue se mit à pulser en mesure. Le fracas engendré était un bruit de fin du monde, comme si les filins qui le retenaient au firmament lâchaient et partaient s'enrouler jusqu'à l'autre bout du ciel.

Durant quelques mesures, l'autre accompagna le rythme, puis il avança, jaugeant à la perfection le mouvement du Plancher, comme un homme qui saute de dalle en dalle dans un jardin d'agrément.

Il fit sauter le bout de son pouce avec dans le geste la grâce d'un homme rompu aux usages mondains et lança cette extrémité de phalange vers Molly. Sous les projecteurs, le filament réfractait la lumière en un arc-en-ciel filiforme.

Molly plongea, roula, se releva en faisant un saut de carpe au-dessus du fouet monomoléculaire. Ses griffes avaient jailli dans la lumière, traduisant sans doute un réflexe de défense.

La pulsation de la batterie s'accéléra et elle bondissait au même rythme, toison brune échevelée encadrant les lentilles d'argent opaque, la bouche réduite à un simple trait, lèvres crispées par la concentration. Le Plancher tonnait et grondait tandis que la troupe des Lo Teks hurlait d'excitation.

Il rétracta le filament en un cercle spectral et polychrome d'un mètre de diamètre qu'il fit tournoyer devant lui, la main au pouce tranché tenue à hauteur du sternum : un bouclier.

Alors, ce fut comme si Molly laissait quelque chose se libérer en elle et c'est à ce moment que sa danse de chien enragé commença pour de bon. Elle sautait, se tordait, se cabrait, se cambrait et finit par atterrir à pieds joints sur un bloc-moteur en alu, directement arrimé à l'un des ressorts à boudin. Je me plaquai les mains sur les oreilles et tombai à genoux, aspiré dans le vertige de la sono, certain que les bancs et le Plancher allaient dégringoler et s'abîmer sur la Cité de la Nuit ; je nous voyais déjà fracasser les baraques, traverser le linge tendu à sécher pour venir exploser sur le pavé comme des fruits pourris. Mais les suspentes tinrent bon et le Plancher ondulait comme une mer de métal en folie. Et sur cette mer, Molly dansait.

Puis, à la fin, juste avant que l'homme projette une dernière fois le filament, je vis sur ses traits quelque chose, comme une expression incongrue. Pas de la peur; encore moins de la colère. Je crois plutôt que c'était de l'incrédulité, une incompréhension abasourdie, mêlée d'une totale répulsion d'ordre esthétique pour le spectacle qu'il voyait, qu'il entendait, face à ce qui lui arrivait. Il rétracta le filament tournoyant dont le disque spectral se réduisit au diamètre d'une assiette tout en ramenant le bras au-dessus de la tête avant de l'abattre enfin, l'extrémité du pouce ainsi propulsée en direction de Molly comme une véritable créature vivante.

Le Plancher s'incurva sous elle et le filament monomoléculaire lui frôla le crâne, puis le rebond de la surface élastique ramena l'homme dans la trajectoire du filin tendu. Alors qu'elle aurait dû lui repasser tranquillement au-dessus de la tête avant de venir réintégrer sa cuvette cémentée dure comme le diamant, la mèche lui trancha la main au ras du poignet. Devant ses pas, une fissure s'ouvrit dans le Plancher, à travers laquelle il plongea délibérément avec une étrange grâce, kamikaze vaincu choisissant de se jeter sur la Cité de la Nuit. S'il fit ce plongeon, c'est je crois en partie pour s'accorder la dignité de quelques secondes de silence : en fait, c'était d'abord le choc culturel infligé par Molly qui l'avait tué.

Les Lo Teks rugirent, mais quelqu'un coupa l'ampli et c'est dans le silence que Molly, le visage pâle, figé, laissa s'amortir les oscillations du Plancher, ralentir le balancement, ne laissant plus subsister qu'un infime cliquetis de métal torturé et le crissement de la rouille raclant contre la rouille.

On eut beau fouiller les lieux, on ne retrouva pas la main tranchée, mais seulement une courbe gracieuse inscrite sur une plaque d'acier oxydée, à l'endroit où le filament l'avait traversée. Les bords de la découpe rutilaient comme un chrome neuf.

Nous n'avons jamais su si le Yakuza avait accepté nos conditions ou même s'il avait reçu notre message. Pour autant que je le sache, leur programme attend toujours Eddie Bax sur un rayon dans la réserve d'une boutique de cadeaux au troisième niveau de Sydney Central-5. Il y a sans doute plusieurs mois qu'ils en ont revendu l'original à Ono-Sendaï. Mais peut-être qu'ils ont quand même mis la main sur la transmission pirate car personne encore n'est venu me chercher et cela fait bientôt un an. S'ils s'avisent de venir, ils devront entreprendre une longue escalade dans l'obscurité, franchir le barrage des sentinelles de Dogue et, ces derniers temps, je n'ai plus tout à fait le look Eddie Bax. J'ai laissé Molly s'en charger, aidée d'un anesthésique local. Et mes nouvelles dents ont à présent quasiment pris racine.

J'ai décidé de rester là-haut. C'est alors que je regardais de l'autre côté du Plancher avant que notre homme arrive que j'ai compris combien j'étais vide et creux. Que j'en avais assez de n'être qu'un vulgaire récipient. Alors maintenant je descends rendre visite à Jones ; presque tous les soirs.

Nous sommes désormais associés, Jones et moi. Molly Millions aussi est dans le coup. Molly s'occupe de mes intérêts au Drome. Jones est toujours au parc d'attractions, mais il dispose d'un bassin plus grand, renouvelé en eau de mer par camion-citerne chaque semaine. Et il a sa came quand il en a besoin. Il continue de causer aux gosses avec son cadre de lampions, mais moi, il me parle grâce à un nouvel affichage installé dans un hangar que je loue sur place, un écran bien meilleur que celui dont il disposait naguère dans la Marine.

Et tous, on gagne plein d'argent, bien plus en tout cas que je n'en ai jamais gagné jusque-là, parce que la Pieuvre de Jones est capable de relire les moindres bribes de tout ce que l'on a pu me stocker en mémoire, et il me restitue l'information sur son écran, retranscrite enfin dans des langages qui me sont compréhensibles. De sorte qu'on a pu apprendre tout un tas de choses sur mes anciens clients. Et un de ces quatre, je demanderai à un chirurgien de m'extraire toutes ces puces de silicium encartées dans mes amygdales et je vivrai alors avec mes propres souvenirs, ma mémoire à moi, et celle de personne d'autre, comme tout le monde. Mais pas tout de suite.

En attendant, c'est vraiment le pied, ici, de vivre collé au plafond dans la nuit, à écouter la condensation goutter des dômes, tout en se fumant une chinoise filtre. Le calme total

– enfin, quand un couple de Lo Teks ne décide pas d'aller danser un coup sur le Plancher qui Tue.

Et puis, c'est éducatif. Avec l'aide éclairée de Jones, je suis bien parti pour devenir, côté technique, le mec le plus branché du coin.

Fragments de rose en hologramme

Cet été-là, Parker avait des insomnies.

Il y avait des coupures de secteur ; et les soudaines défaillances de l'inducteur delta ramenaient de brusques et douloureux retours à la conscience.

Pour y remédier, il bricola des cordons de liaison avec des pinces crocodile miniatures et du ruban électrique pour raccorder l'inducteur à une platine PSA alimentée sur batterie. Toute baisse de puissance sur l'inducteur déclenchait automatiquement le circuit de lecture de la platine.

Il s'acheta une cassette PSA qui commençait avec le sujet endormi sur une plage tranquille. Elle avait été enregistrée par un jeune yogi blond doté d'une acuité visuelle de 10/10 et d'un sens chromatique anormalement développé. On l'avait fait venir par avion à La Barbade rien que pour lui faire faire un somme et son exercice matinal sur une superbe étendue de plage privée. La microfiche sur la jaquette pelliculée du boîtier transparent de la cassette expliquait que le yogi était capable de passer volontairement de phase alpha en phase delta sans avoir recours à un inducteur. Parker, qui depuis deux ans ne pouvait plus trouver le sommeil sans inducteur, se demandait si c'était possible.

Il n'avait pu tenir jusqu'au bout qu'une seule fois, même si maintenant il connaissait par cœur la moindre sensation des cinq premières minutes subjectives. Pour lui, la partie la plus intéressante de la séquence était cette légère bavure au montage intervenant au début du savant exercice de respiration : dans cette esquisse de regard vers l'extrémité de la longue plage blanche qui révélait la silhouette d'un garde en patrouille le long d'une clôture grillagée, le fusil-mitrailleur passé à l'épaule.

Pendant que Parker dormait, il y eut une baisse de secteur sur le réseau de la cité.

La transition du delta naturel au delta PSA se traduisait par la pénétration implosive et noire dans la chair d'un autre. L'habitude amortissait toutefois le choc. Il sentit le contact du sable frais sous ses épaules. Les revers de son jean usé battaient ses chevilles nues sous la brise matinale. Bientôt, le garçon n'allait pas tarder à s'éveiller totalement et à commencer son Ardha-Matsyendra-machinchose ; avec d'autres mains, Parker chercha dans le noir à tâtons la console PSA.

Trois heures du mat'.

Se faire un café dans le noir, juste un coup de lampe torche pour verser l'eau bouillante.

Le rêve matinal enregistré qui s'efface derrière d'autres paupières, panache sombre d'un cargo cubain – qui s'efface avec l'horizon qu'il parcourt sur l'écran gris de l'esprit.

Trois heures du mat'.

Laisse hier se redisposer autour de toi en images plates et schématiques. Ce que t'as dit, ce qu'elle a dit, pendant que tu la regardais remballer, appeler le taxi. T'as beau les retourner dans tous les sens, elles recomposent le même circuit imprimé, convergence d'hiéroglyphes vers un même composant central : toi, debout sous la pluie, et qui gueules après le taxi.

La pluie était acide et âcre, couleur de pisse, presque. Le chauffeur t'a traité de connard ; t'as dû en plus payer double tarif. Elle avait trois valises. Derrière son respirateur et ses lunettes, le type avait l'air d'une fourmi. Il est parti sous la pluie en pédalant comme un malade. Elle ne s'est pas retournée.

La dernière vision que tu gardes d'elle, c'est cette fourmi géante, qui t'adresse un geste obscène.

Sa première unité PSA, Parker l'avait découverte dans un bidonville texan, la Jungle à Judy : une volumineuse console sous un habillage toc de plastique chromé. Un billet de dix dollars glissé dans la fente vous payait cinq minutes de gymnastique en apesanteur dans une station thermale orbitale suisse, des sauts de trampoline de vingt mètres au périhélie en compagnie d'un modèle pour *Vogue* âgé de seize ans – programme de rêve dans la Jungle où il était plus aisé de se payer une arme qu'un bain chaud.

Un an plus tard, il était à New York muni de faux papiers quand deux grosses firmes avaient sorti les premières consoles portables et fourni les grands magasins à temps pour Noël. Les salles de PSA porno qui avaient fugitivement fleuri sur toute la Californie ne devaient jamais s'en remettre.

L'holographie arriva dans la foulée, et les dômes Fuller, grands comme des pâtés de maisons qui avaient été les holotemples de Parker dans son enfance, se reconvertirent en supermarchés sur plusieurs niveaux, quand ils n'abritaient pas de poussiéreuses galeries de jeux où l'on pouvait encore trouver les vieilles consoles, sous des néons fatigués palpitant : PERCEPTION SENSORIELLE APPARENTE derrière une brume bleue de fumée de cigarette.

Aujourd'hui, Parker a trente ans et il écrit des scripts pour les émissions de PSA, programmant les mouvements oculaires des caméras humaines de l'industrie.

Les baisses de tension continuent.

Dans la chambre, Parker caresse la façade d'alu brossé de son Sleep-Master Sendaï. La lampe témoin clignote puis s'éteint. Le café dans la main, il traverse la moquette pour rejoindre la penderie qu'elle a vidée la veille. Le faisceau de sa torche sonde les rayonnages à l'affût d'une preuve d'amour, trouve une bride de sandale en cuir, cassée, une cassette de PSA et une carte postale. La carte postale est un hologramme par réflexion en lumière blanche, l'hologramme d'une rose.

Sous l'évier de la cuisine, il jette la bride dans le broyeur d'ordures. Ramolli par la baisse de secteur, l'appareil râle mais déglutit et digère. Puis, tenant délicatement l'hologramme entre le pouce et l'index, il l'approche des mâchoires en rotation. L'unité pousse un petit cri quand les dents d'acier entament le plastique pelliculé et pulvérisent la rose en mille fragments.

Plus tard, il est assis sur le lit défait et fume. Il a glissé sa cassette dans la platine, prête à défiler. Certaines bandes féminines le désorientent, mais il doute que ce soit la raison pour laquelle il hésite maintenant à lancer la machine.

En gros, un quart des utilisateurs de PSA sont incapables d'assimiler de manière confortable l'image corporelle subjective du sexe opposé. Les années passant, certaines vedettes de la PSA sont devenues de plus en plus androgynes pour tenter de capter cette tranche du public.

Pourtant, les bandes personnelles d'Angela ne l'avaient jamais intimidé. (Oui, mais imagine qu'elle ait enregistré un amant ?) Non, ça ne peut pas être ça... c'est simplement que la cassette est une donnée parfaitement inconnue.

Quand Parker avait quinze ans, ses parents l'avaient mis en apprentissage dans la filiale d'un cartel japonais de plastiques. À l'époque, il s'était estimé heureux ; le nombre de candidats par rapport aux bourses disponibles était énorme. Trois ans durant, il avait vécu avec sa promo dans un dortoir, chantant en chœur tous les matins les hymnes de la compagnie et réussissant en général à faire le mur du complexe au moins une fois par mois pour retrouver les filles de l'holodrome.

Son apprentissage devait se terminer pour son vingtième anniversaire, lui laissant alors l'option d'être pleinement titularisé. Une semaine avant ses dix-neuf ans, muni de deux cartes de crédit volées et d'habits de rechange, il fit le mur pour la dernière fois. Il débarqua en Californie trois jours avant que le Nouveau Régime sécessionniste s'effondre dans le chaos. À San Francisco les rues étaient parcourues par des groupes de guérilleros. Tous autant qu'ils étaient, les quatre gouvernements municipaux « provisoires » avaient accumulé des stocks de vivres avec un tel zèle qu'il était devenu impossible de trouver quoi que ce soit pour l'homme de la rue.

Parker passa la dernière nuit de la révolution dans un faubourg incendié de Tucson à faire l'amour à une adolescente maigre du New Jersey, qui lui expliqua les points délicats de son horoscope entre deux crises de larmes presque silencieuses qui semblaient n'avoir aucun rapport avec ce qu'il pouvait dire ou faire.

Des années plus tard, il devait réaliser qu'il n'avait plus la moindre idée de ses raisons initiales de rompre son contrat.

Les trois premiers quarts de la cassette avaient été effacés ; il fallait se traverser en avance rapide une brume de parasites magnétiques où le goût et l'odorat se mêlaient dans le flou d'un canal unique. La sortie audio ne délivrait que du bruit blanc –

le non-bruit de l'obscur océan primordial… (le contact prolongé avec une bande vierge peut induire des symptômes d'hallucination hypnagogique).

Tapi dans les fourrés sur le bas-côté d'une route du Nouveau-Mexique à minuit, Parker regardait un char brûler sur la nationale. Les flammes léchaient la ligne blanche discontinue qu'il avait suivie depuis Tucson. L'explosion avait été visible à trois kilomètres de distance, voile blanc d'éclair de chaleur qui, sur le fond de ciel nocturne, avait transformé les branches pâles d'un arbre dénudé en leur propre négatif : bras de carbone tendus sur un ciel de magnésium.

Bon nombre de réfugiés étaient armés.

Le Texas devait l'accumulation de bidonvilles fumant sous les pluies chaudes du Golfe à la difficile neutralité qu'il avait maintenue face aux tentatives sécessionnistes de la Côte.

Ces villes étaient bâties de carton, de contreplaqué, de feuilles de plastique gonflées par le vent et de carcasses de véhicules. Elles s'appelaient Jump City ou Sugaree et possédaient des gouvernements et des limites vaguement définis qui variaient constamment sous les vents furtifs d'une économie de marché noir.

Les troupes fédérales comme celles de l'État, dépêchées pour nettoyer les villes de leur pègre, trouvaient rarement quoi que ce soit. Mais à l'issue de chaque fouille, quelques hommes manquaient à l'appel. Certains avaient revendu leurs armes et brûlé leur uniforme et d'autres s'étaient approchés trop près des contrebandiers qu'ils avaient été chargés de débusquer.

Au bout de trois mois, Parker avait envie de se tirer de là, mais les transports de marchandises étaient le seul passage sûr à travers les cordons militaires. Sa chance ne survint que par accident : tard, un après-midi, alors qu'il contournait le voile de fumée de cuisine qui se traînait au-dessus de la Jungle, il trébucha et faillit s'étaler sur le corps d'une femme échoué dans le lit asséché d'un ruisseau. Une nuée de mouches furieuses s'éleva du cadavre avant de se reposer, l'ignorant. Il se mit à fouiller le lit du cours d'eau, en quête d'un bout de bois.

Dans le dos du blouson, juste sous l'omoplate gauche de la femme, il y avait un trou rond du diamètre d'un crayon. L'étoffe avait été rouge naguère, mais à présent elle était noire, raide, luisante de sang séché. Le vêtement pendu au bout de son bâton, il partit chercher de l'eau.

Il ne devait jamais laver le blouson ; dans la poche gauche, il découvrit près de trente grammes de cocaïne, soigneusement emballés dans un sac de plastique fermé par du ruban chirurgical. La poche droite contenait quinze ampoules de Mégacilline-D ainsi qu'un cran d'arrêt à manche de corne avec une lame de vingt-cinq centimètres. L'antibiotique valait deux fois son poids en cocaïne.

Il enfonça le couteau jusqu'à la garde dans une souche pourrie délaissée par les ramasseurs de bois de la Jungle, puis y suspendit le blouson ; quand il s'éloigna, les mouches étaient revenues tourner autour.

Cette nuit-là, dans un bar au toit de tôle ondulée, alors qu'il attendait l'un des « hommes de loi » qui arrangeaient des passages à travers le cordon sanitaire, il essaya sa première machine PSA. Un appareil énorme, tout en chrome et néon, dont le propriétaire était très fier ; il avait participé personnellement au détournement du camion.

« Si le chaos des années quatre-vingt-dix reflète un changement radical dans les paradigmes de l'appréhension du langage visuel, le basculement définitif hors de la tradition Lascaux/Gutenberg propre à la société préholographique, que devrions-nous attendre alors de cette nouvelle technologie, avec sa promesse de codage discret et de reconstitution subséquente de la gamme complète des perceptions sensorielles ? »

ROEBUCK et PIERHAL,
Histoire américaine contemporaine :
une approche systématique

Avance rapide à travers le non-temps bourdonnant de la bande effacée…

… pour te retrouver dans son corps. Soleil européen. Les rues d'une étrange cité.

Athènes. Enseignes en caractères grecs et odeur de poussière…

… *et odeur de poussière.*

Contempler par ses yeux (en songeant : cette femme ne t'a pas encore rencontré ; c'est à peine si t'es sorti du Texas) le monument gris, chevaux courant dans la pierre, autour duquel les pigeons s'envolent et tournoient…

… et la neige s'empare du corps de ton amour, l'efface, mouchetis gris. Des vagues de bruit blanc se brisent sur une plage absente. Et la bande s'achève.

Le voyant de l'inducteur brille à présent.

Allongé dans le noir, Parker se remémore les mille fragments de la rose en hologramme. Un hologramme a cette propriété : une fois illuminé, chacun de ses fragments récupérés révélera l'image entière de la fleur. Alors qu'il tombe vers le delta, il voit lui-même la rose et chacun de ses éclats révèle un tout qu'il a toujours ignoré – cartes de crédit volées – une banlieue incendiée – conjonctions planétaires d'un étranger – un char en flammes sur une nationale – un sachet de drogue aplati – un cran d'arrêt aiguisé sur le béton, fin comme la douleur.

Réflexion : nous sommes chacun les fragments de l'autre, en a-t-il toujours été ainsi ? Cet instant d'un voyage en Europe, largué dans l'océan gris de la bande vierge… Lui est-elle plus proche maintenant, ou plus réelle, parce qu'il y est allé ?

Elle l'avait aidé à avoir ses papiers, lui a trouvé son premier emploi dans la PSA. Leur histoire se réduisait-elle à cela ? Non, l'histoire, c'était le boîtier noir de l'inducteur delta, le placard vide, et le lit défait. L'histoire, c'était son mépris pour le corps parfait dans lequel il s'éveillait si le jus baissait, sa fureur après le vélo-taxi, sa peine de ne pas la voir refuser de se retourner sous la pluie contaminée.

Mais chaque fragment révèle la rose sous un autre angle, se souvint-il alors, seulement le delta vint le submerger avant qu'il ait pu se demander ce que cela pouvait bien dire.

Hinterland

Quand Hiro pressa le bouton, je rêvais de Paris, rêvais de rues humides et sombres en hiver. La douleur montait en oscillant du fond de mon crâne, pour exploser derrière les yeux en un voile de néon bleu ; je sortis d'un bond du hamac en toile, en hurlant. Je hurle toujours ; j'y mets un point d'honneur. La rétroaction faisait rage sous mon crâne. L'inter de douleur est un circuit auxiliaire dans l'implant de l'ostéophone, raccordé directement aux centres de la douleur, le truc idéal pour percer la brume barbiturique d'un substitut. Il me fallut quelques secondes pour que ma vie se recompose, icebergs biographiques jaillissant du brouillard : qui j'étais, où j'étais, ce que je faisais là, et qui me réveillait.

La voix d'Hiro me crépitait dans la tête *via* l'implant à conduction osseuse. « Bordel, Toby. Tu sais ce que ça me fait aux oreilles, de hurler comme ça ?

– Vous savez à quel point je me fous de vos putains d'oreilles, docteur Nagashima ? Je m'en fous autant que de…

– Pas le temps de débiter des couplets amoureux, gamin. On a du boulot. Mais qu'est-ce que c'est que ces pics de cinquante millivolts qui te sortent des temporaux, hein ? Encore en train de faire des mélanges avec tes calmants, histoire de leur redonner de la couleur ?

– Ton électro déconne, Hiro. T'es cinglé. Je voudrais seulement dormir… » Je m'effondrai dans le hamac, voulus remonter sur moi le voile d'obscurité, mais sa voix était toujours là.

« Désolé, mec, mais tu bosses aujourd'hui. On a un vaisseau qui est rentré, il y a une heure. L'équipe du sas est déjà sur place, en train de découper le réacteur pour que la cellule puisse passer la porte.

– Qui est-ce ?

– Leni Hoffmannstahl, Toby, physico-chimiste, citoyenne de la République fédérale d'Allemagne. » Il attendit que j'aie fini de grogner. « Pièce de viande confirmée. »

Adorable, la terminologie de notre jargon professionnel. Il voulait dire que le vaisseau de retour avait une télémétrie médicale active et contenait donc un corps humain chaud, en état psychologique non encore confirmé. Je fermai les yeux, oscillai dans le noir.

« On dirait bien que t'es bon pour être son substitut, Toby. Son profil était en synchro avec celui de Taylor mais il est en perme. »

Je n'étais pas dupe des « permes » de Taylor. De sortie dans les bidons agricoles, bourré d'amitriptyline, il faisait de l'aérobic pour effacer ses derniers accès de dépression clinique. Une des maladies professionnelles des substituts. Taylor et moi, on s'entend mal. Marrant, comme c'est souvent le cas avec les mecs dont le profil psychosexuel est trop proche du vôtre.

« Eh, Toby ? Mais où tu trouves donc toute cette dope ? » La question était rituelle. « Par Charmian hein ?

– Par ta mère, Hiro. » Il sait aussi bien que moi que c'est par Charmian.

« Merci, Toby. Je t'accorde cinq minutes pour monter ici me prendre l'Ascenseur pour le Paradis, passé ce délai, je t'envoie les gardes-malades russes te donner un coup de main. Et les mâles, précisai-je. »

Je restai bien peinard à me balancer dans mon hamac, jouant au jeu baptisé la Place de Toby Halpert dans l'Univers. Pas égotiste pour deux sous, je place le soleil au centre, le dispensateur de lumière, l'orbe du jour. Tout autour, orbitent gentiment les planètes, notre système natal familier. Mais précisément ici, en un point déterminé à un huitième de parcours vers l'orbite de Mars, j'accroche un gros cylindre d'alliage léger, comme un modèle à quart d'échelle de Tsiolkovsky 1, le Paradis ouvrier du point L-5. Tsiolkovsky 1 est immobile au point de libération entre la gravité de la Terre et celle de la Lune, tandis qu'il nous faut une voile photonique pour nous maintenir ici, vingt tonnes d'alu tendues sur un hexagone de cinq kilomètres d'apothème. C'est cette voile qui nous a poussés depuis l'orbite terrestre et qui maintenant est notre ancre. Elle nous sert à tirer des bords dans le courant de photons, pour nous maintenir en place près de cette chose – ce point, cette singularité – que nous avons baptisée l'Autoroute.

Les Français l'appellent *le Métro* et les Russes *le Fleuve,* mais métro n'évoque pas la notion de distance et fleuve, pour les Américains, n'a pas tout à fait les mêmes résonances de solitude. Vous pouvez le baptiser Coordonnées de l'Anomalie de Tovyeski, si vous tenez absolument à parler d'Olga. Olga Tovyeski, Notre-Dame des Singularités, sainte patronne de l'Autoroute.

Hiro ne m'avait pas fait confiance pour monter tout seul : juste avant que les infirmiers russes ne se pointent, il alluma la lumière dans ma cabine, par télécommande, et la laissa vaciller et crépiter comme un stroboscope durant quelques secondes avant d'illuminer d'un éclat régulier les portraits de sainte Olga que Charmian avait collés sur la cloison. Par douzaines, visage répété sur papier journal, sur couché brillant magazine. Notre-Dame de l'Autoroute.

Le lieutenant-colonel Olga Tovyeski, cadette de son grade parmi les effectifs de l'effort spatial soviétique, était en route vers Mars, en solo aux commandes d'un Alyout 6 modifié. Les modifications lui permettaient d'emporter un nouveau modèle de filtre à air destiné à être testé à bord du laboratoire pour quatre hommes que l'URSS avait mis en orbite autour de la planète rouge. Ils auraient aussi facilement pu expédier leur Alyout en vol automatique depuis Tsiolkovsky, mais Olga voulait accumuler des heures de mission. Ils prirent soin toutefois de lui donner à s'occuper ; lui collèrent toute une série d'expériences de routine sur les sursauts radio dans la bande de l'hydrogène, reliquat d'une coopération scientifique australo-soviétique non prioritaire. Olga savait pertinemment que son rôle dans les expériences aurait aussi bien pu être tenu par un vulgaire chronorupteur domestique. Mais c'était un officier zélé ; elle presserait les boutons adéquats au moment idoine.

Avec ses cheveux bruns ramenés en arrière et maintenus par un filet, elle devait ressembler à quelque camée de la Travailleuse de l'Espace idéalisée par la *Pravda,* en tout cas, la cosmonaute la plus photogénique de son sexe. Elle vérifia une dernière fois le chronomètre de l'Alyout et posa les mains sur les boutons destinés à déclencher sa première salve. Le colonel Tovyeski ne pouvait absolument pas savoir qu'elle approchait le point de l'espace qu'on connaîtrait plus tard sous le nom d'Autoroute.

Alors qu'elle entrait les six chiffres de la séquence d'allumage, son vaisseau franchit les derniers kilomètres puis émit la salve, une bouffée continue d'énergie à 1 420 mégahertz, la fréquence d'émission de l'atome d'hydrogène. Le radiotélescope de Tsiolkovsky était en écoute, prêt à relayer le signal vers les satellites de communication géosynchrones qui l'expédieraient à leur tour vers les stations de réception situées dans l'Oural méridional et en Nouvelle-Galles du Sud. Durant 3,8 secondes, l'image radio de l'Alyout fut masquée par l'image rémanente de la salve.

Lorsque l'image rémanente se fut dissipée des écrans de contrôle terrestres, l'Alyout avait disparu.

Dans l'Oural, un technicien géorgien d'âge mûr en perfora le tuyau de sa pipe d'écume préférée. En Nouvelle-Galles du Sud, un jeune physicien commença à taper sur le flanc de son moniteur, comme un finaliste de flipper déchaîné qui rage devant un *tilt*.

L'ascenseur qui attendait pour me faire monter au Paradis ressemblait à l'archétype hollywoodien d'un sarcophage style Bauhaus : un cercueil étroit et vertical au couvercle de plexi transparent. Derrière, des rangées de consoles identiques disparaissaient à l'infini, comme sur une illustration de manuel de perspective. La foule habituelle de techniciens en costume de clown de papier jaune grouillait partout, l'air affairé. Je repérai Hiro, en jean bleu et chemise de cow-boy à boutons nacrés ouverte révélant un maillot délavé de l'UCLA. Absorbé par les chiffres qui cascadaient sur l'écran d'un moniteur, il ne m'avait pas vu arriver. Les autres non plus, d'ailleurs.

Je restai donc planté là et lorgnai le plafond, sous le plancher du Paradis. Vu d'ici, ça n'avait pas l'air terrible. Notre gros cylindre est en réalité formé de deux éléments concentriques. Ici, en bas, dans le cylindre extérieur – nous définissons notre « bas » à partir de l'axe de rotation –, sont localisés tous les aspects triviaux de notre opération : dortoirs, cafétérias, passerelle des sas où nous recueillons les vaisseaux de retour, module de transmissions – et les Pavillons, où je prends soin de ne jamais mettre les pieds.

Le Paradis, le cylindre intérieur, l'improbable cœur verdoyant de ces lieux, le Paradis est le paradigme du rêve disneylien de retour au bercail, l'oreille vorace d'une économie globale avide d'informations. Un flot continu de données brutes part de là en salves vers la Terre, un flot de rumeurs, de murmures, de fragments de trafic transgalactique. Naguère encore, je restais allongé, figé dans mon hamac, soumis à la pression de toutes ces données, les sentant sinuer à travers les lignes que j'imaginais derrière la cloison, des lignes pareilles à des tendons, des muscles noués et saillants, prêts à se tétaniser, à m'écraser. Puis Charmian avait emménagé dans ma cabine et après que je lui eus évoqué mes terreurs, elle avait fait quelques exorcismes et posé ses icônes de sainte Olga. Et la pression avait diminué, disparu.

« Je te branche sur un traducteur, Toby. Il se peut que t'aies besoin d'allemand, ce matin. » Sa voix crissait comme du sable sous mon crâne, sèche modulation de parasites. « Hillary…

– En ligne, Dr Nagashima », dit une voix de BBC, limpide comme du cristal de glace. « Vous avez déjà le français n'est-ce pas, Toby ? Hoffmannstahl possède déjà le français et l'anglais.

– Vous me restez hors des oreilles, Hillary. Vous parlerez quand on vous causera, pigé ? » Son silence devint une autre couche dans le grésillement complexe et continu des parasites. Hiro me lorgnait d'un sale œil, derrière deux douzaines de consoles. Je souris.

Ça commençait à venir : le soulagement, la montée d'adrénaline. Je pouvais le sentir à travers les dernières brumes de barbituriques. Un gamin au visage lisse et blond de surfeur m'aida à passer un survêtement. Qui puait ; neuf mais vieilli avec soin, fripé, imprégné de sueur synthétique et de phéromones artificielles. Les deux manches étaient recouvertes, de l'épaule au poignet, d'étiquettes brodées, essentiellement les sigles d'entreprises, commanditaires secondaires d'une imaginaire expédition vers l'Autoroute, l'insigne bien plus grand du commanditaire principal étant brodé en travers de mes épaules – la firme qui était censée avoir expédié HALPERT TOBY effectuer son rendez-vous avec les étoiles. Il y avait au moins mon nom de vrai, brodé en capitales de nylon écarlates juste au-dessus du cœur.

Le surfeur avait le genre athlète propre sur soi que j'associe aux jeunes stagiaires de la CIA, mais son étiquette indiquait NEVSKY et le nom était doublé en cyrillique. KGB, donc. Ce n'était pas un *tsiolnik* ; il n'avait pas le style ramolli aux jointures que conféraient vingt ans de séjour dans leur habitat L-5. Ce gamin était du pur Moscou, le cocheur de calepin poli qui connaissait sans doute huit manières de tuer avec un journal roulé. Nous avions maintenant entamé le rituel des drogues et des poches : il fourra une microseringue emplie d'un des nouveaux euphoro-hallucinogènes dans la poche de mon poignet gauche, recula d'un pas puis cocha une case sur son calepin. Sur son carnet spécial, le contour imprimé d'un substitut en survêtement ressemblait à une cible de stand de tir. Il sortit d'un boîtier relié par une chaîne à sa ceinture une ampoule de cinq grammes d'opium et trouva la poche correspondante. Une croix. Quatorze poches. La cocaïne venait en dernier.

Hiro se pointa juste comme le Russe terminait. « Peut-être qu'elle aura recueilli des informations sérieuses, Toby ; c'est une physico-chimiste, rappelle-toi. » Ça faisait drôle de l'entendre acoustiquement et non plus par conduction osseuse à partir de l'implant.

« Sérieuses, oui, on ne rigole pas, là-haut, Hiro.

– Comme si je le savais pas ! » Il la sentait lui aussi, cette tension particulière. Nous semblions quasi incapables de nous regarder. Avant que le malaise pût s'accroître, il se détourna et leva le pouce à l'adresse d'un de ses clowns en jaune.

Deux d'entre eux m'aidèrent à pénétrer dans le cercueil Bauhaus, puis reculèrent d'un pas lorsque le couvercle se rabattit en sifflant comme une visière géante. J'entamai mon ascension vers le Paradis et le retour au bercail d'une étrangère nommée Leni Hoffmannstahl. Un trajet bref mais qui semble toujours prendre une éternité.

Olga, qui fut notre première auto-stoppeuse, la première à tendre le pouce sur la longueur d'onde de l'hydrogène, Olga revint au bout de deux ans. À Tyuratam, dans le Kazakhstan, par un gris matin d'hiver, ils enregistrèrent son retour sur dix-huit centimètres de bande magnétique.

Si un homme d'esprit religieux – mais également féru de technique cinématographique – avait observé le point de l'espace où son Alyout avait disparu deux ans plus tôt, il aurait pu imaginer que Dieu avait collé bout à bout un plan du vide de l'espace et un autre montrant le vaisseau d'Olga. Elle avait resurgi dans notre espace-temps comme par quelque atroce trucage d'amateur. Une semaine plus tard, et on ne l'aurait peut-être jamais récupérée à temps ; la Terre aurait poursuivi sa route sur son orbite, la laissant derrière elle dériver vers le soleil. Cinquante-trois heures après son retour, un volontaire crispé répondant au nom de Kurtz, revêtu d'une combinaison de travail renforcée, enjamba l'écoutille de l'Alyout. C'était un spécialiste est-allemand de la médecine spatiale et les cigarettes américaines étaient son vice secret ; il avait sacrément envie d'en griller une alors qu'il négociait le sas, se frayait un passage le long de la masse rectangulaire d'un châssis de purificateur puis, d'un mouvement de menton, allumait ses lampes de casque. Même après deux ans, l'Alyout semblait encore contenir de l'air respirable. Dans les faisceaux jumeaux issus du casque massif, il vit de minuscules globules de sang et de vomissure dériver lentement, onduler dans son sillage, tandis qu'il essayait d'extraire son encombrante combinaison de la coursive pour pénétrer dans le module de commande. Puis il la trouva.

Elle dérivait au-dessus de la console de navigation, nue, crispée en position fœtale. Elle avait les yeux ouverts mais fixés sur quelque chose à jamais hors du champ de Kurtz. Ses poings étaient ensanglantés, serrés comme le roc, et ses cheveux bruns, à présent défaits, lui flottaient autour du visage comme autant d'algues marines. Très lentement, très délicatement, il se propulsa par-dessus les claviers blancs de la console de commande et arrima sa combinaison au module de navigation. Il estima qu'elle avait dû s'en prendre à mains nues à l'équipement de transmission du vaisseau. Il désactiva la pince droite de la combinaison de travail ; celle-ci se déplia automatiquement, comme deux paires de pinces-étaux qui voudraient se prendre pour une fleur. Il étendit la main, encore fermée dans l'enveloppe pressurisée d'un gant chirurgical gris.

Puis, le plus délicatement possible, il ouvrit de force les doigts de sa main gauche. Rien.

Mais lorsqu'il ouvrit le poing droit, quelque chose s'en libéra en tournoyant au ralenti à quelques centimètres de sa visière de quartz synthétique. On aurait dit un coquillage.

Olga revint chez elle, mais ne revint jamais à la vie derrière le voile de ses yeux bleus. Ils firent tout leur possible, bien sûr, mais plus ils insistaient, plus elle devenait ténue, et, dans leur soif d'apprendre, elle s'étiola de plus belle au point, dans son martyre, d'emplir de précieuses reliques les travées glacées de bibliothèques entières. Nul saint jamais ne fut si finement épluché ; rien qu'aux seuls laboratoires de Plesetsk, elle était représentée par plus de deux millions d'échantillons tissulaires, classés et numérotés dans le sous-sol d'un complexe biologique à l'épreuve des bombes.

Ils eurent plus de chance avec le coquillage. L'exobiologie se trouva tout soudain des assises d'une déconcertante solidité : un virgule sept gramme d'information biologique hautement organisée, incontestablement extraterrestre. Le coquillage d'Olga engendra une sous-branche entière de la science, exclusivement dévolue à l'étude… du coquillage d'Olga.

Les études initiales firent apparaître clairement deux résultats : ce n'était le produit d'aucune biosphère terrestre connue et, puisqu'on ne connaissait aucune autre biosphère dans le système solaire, la coquille devait provenir d'une autre étoile. Soit Olga avait visité son lieu d'origine, soit elle était entrée en contact, si lointain fût-il, avec une chose qui était – ou avait été jadis – capable d'accomplir le voyage.

On expédia le commandant Grosz vers les coordonnées Tovyeski, à bord d'un Alyout 9 spécialement équipé. Un autre vaisseau le suivait. Il venait d'émettre la dernière de ses salves d'hydrogène quand son engin disparut. On enregistra son départ, puis on attendit. Deux cent trente-quatre jours plus tard, il revint. Dans l'intervalle, le secteur fut sondé en permanence, dans la quête désespérée de ce qui pourrait se révéler l'anomalie spécifique, le phénomène irritant autour duquel on serait susceptible de bâtir une théorie. On ne trouva rien : rien que le vaisseau de Grosz, qui tournoyait hors de contrôle. Il se suicida avant qu'on ait pu le récupérer, seconde victime de l'Autoroute.

Quand ils ramenèrent l'Alyout à Tsiolkovsky, ils découvrirent que leurs systèmes d'enregistrement complexes étaient vierges. Tout le matériel était en parfait état de marche ; aucun appareil n'avait fonctionné. Grosz fut congelé vite fait, puis expédié par la première navette à Plesetsk où les pelles étaient déjà en train de creuser un nouveau sous-sol.

Trois ans plus tard, le matin suivant la perte de leur septième cosmonaute, un téléphone sonna à Moscou. Le demandeur se présenta. Il était directeur du Service central de renseignements des États-Unis d'Amérique. Il avait reçu l'autorisation, disait-il, de faire une offre précise. Sous certaines conditions bien spécifiques, l'Union soviétique pourrait utiliser les meilleures intelligences de la psychiatrie occidentale. Ses services, poursuivit-il, estimaient qu'une telle aide avait de bonnes chances d'être bien accueillie.

Son russe était excellent.

Les parasites de l'ostéophone créaient une tempête de sable subliminale. L'ascenseur glissa vers le haut et traversa dans sa cage étroite le plancher du Paradis. Je comptai les lampes bleues espacées de deux mètres. Après la cinquième, ce furent les ténèbres et l'immobilité.

Dissimulé dans la console de commande vide du vaisseau d'Autoroute factice, j'attendais dans l'ascenseur, tel le secret dissimulé derrière la bibliothèque truquée des histoires policières enfantines. Le vaisseau était bidon, un décor, au même titre que ces chalets bavarois collés sur leurs Alpes de plâtre dans certains parcs d'attractions – un détail sympa mais pas franchement nécessaire. Si les revenants daignent admettre notre présence, ils la considèrent comme allant de soi ; nos décors et nos histoires montées de toutes pièces ne semblent guère faire de différence.

« La voie est libre, annonça Hiro. Pas de clients dans les parages. » Machinalement, je massai la cicatrice derrière mon oreille gauche, trace de l'implantation de l'ostéophone. Le flanc de la console factice s'ouvrit pour faire entrer l'aube grise du Paradis. L'intérieur du faux astronef était familier et bizarre à la fois, comme votre propre appartement quand vous ne l'avez pas vu depuis une semaine. Une de ces nouvelles plantes grimpantes brésiliennes s'était faufilée jusqu'au hublot de gauche depuis mon dernier passage mais c'était, semblait-il, le seul changement dans tout le décor.

Y en avait-il eu des bagarres autour de ces plantes lors des réunions de biotecture avec les écologistes américains annonçant à grands cris la possibilité de pénurie d'azote ! Les Russes sont devenus susceptibles en matière de biotechnologie, depuis qu'ils ont dû réclamer aux Américains leur aide pour achever leur programme biotique aux débuts de Tsiolkovsky 1. De méchants problèmes de moisissures qui bouffaient leur blé hydroponique ; malgré toute leur superingénierie soviétique, ils étaient toujours incapables d'instaurer un écosystème fonctionnel. Peu importe que cette débâcle initiale ait frayé le chemin qui nous a menés ici avec eux. Bien au contraire, ça les irrite ; alors ils se raccrochent à ces plantes grimpantes brésiliennes, ou à n'importe quoi – tout ce qui leur fournit prétexte à discuter. Moi, je les aime bien, ces plantes : elles ont des feuilles en forme de cœur, et quand on les frotte entre les mains, ça sent la cannelle.

Debout derrière le hublot, je regardais la clairière prendre forme à mesure que la lumière réfléchie du soleil pénétrait au Paradis. Le Paradis est à l'heure de Greenwich ; d'immenses miroirs de Mylar oscillaient quelque part dans le vide illuminé, suivant l'horaire d'une aube calée sur le temps universel. Les chants d'oiseaux enregistrés commencèrent, là-bas dans les arbres. Les oiseaux ne sont pas du tout à la fête en l'absence de véritable pesanteur. Nous ne pouvons en avoir de vrais car ils finissent par devenir fous à tenter de s'accommoder à la force centrifuge.

La première fois que vous le voyez, le Paradis mérite bien son nom, luxuriant, frais et lumineux, avec ses herbes hautes tachetées de fleurs sauvages. Pour entretenir l'illusion, on a tout intérêt à ne pas savoir que la majorité des arbres sont artificiels, comme à ignorer la quantité de soins nécessaires par exemple au maintien de l'équilibre optimal entre les algues bleues et les diatomées dans les étangs. Charmian dit qu'elle s'attend toujours à voir Bambi gambader au débouché d'un bois et Hiro prétend connaître le nombre exact d'ingénieurs de chez Disney tenus au secret aux termes de la loi sur le secret défense.

« Nous sommes en train de récupérer des fragments d'Hoffmannstahl », dit Hiro. Il aurait presque aussi bien pu parler tout seul ; le gestalt du substitut commençait à prendre les rênes et bientôt nous aurions cessé d'être conscients l'un de l'autre. L'effet de l'adrénaline était en train de s'atténuer. « Rien de bien cohérent. "*Schöne Maschine*", quelque chose comme... "superbe machine"... Hillary la trouve plutôt calme mais complètement à côté de ses pompes.

– M'en parle pas. Pas de suppositions, veux-tu ? Allons-y sans *a priori*. » J'ouvris le sas et respirai l'air du Paradis ; il était frais comme du vin blanc. « Où est Charmian ? »

Il soupira, douce bouffée de parasites. « Charmian devrait se trouver à l'Évacuation Cinq, à s'occuper du Chilien rentré depuis trois jours, mais elle n'y est pas car elle a entendu que t'arrivais. Alors elle t'attend près du bassin aux carpes. » Et il ajouta : « Putain de tête de mule ! »

Charmian était en train de jeter des galets à la carpe chinoise à grosse tête. Elle avait un bouquet de fleurs blanches fiché derrière une oreille, une Marlboro desséchée coincée derrière l'autre. Elle avait les pieds nus et boueux et elle avait découpé à mi-cuisses les jambes de son survêtement. Ses cheveux bruns étaient noués en queue-de-cheval.

Notre première rencontre remontait à une partie organisée dans l'un des ateliers de sondage, voix avinées qui résonnent dans la sphère d'alliage creuse, vodka maison en gravité zéro. Par jeu, quelqu'un avait pris une outre à eau, en avait pressé deux bonnes poignées qu'il avait, d'une main experte, envoyées rouler sous la forme de molles balles retenues par la seule tension superficielle. Le coup de l'eau qui passe sous les ponts, rengaine connue. Mais je suis nul en gravité zéro. Je passai la main au travers quand elle m'arriva dessus. Secouai la tête pour tenter d'évacuer de mes cheveux mille petites billes d'argent, titubant, tandis que ma voisine rigolait, tournoyant en lents sauts périlleux, brune, mince et longiligne. Elle portait ces pantalons bouffants en filet que les touristes ramènent de Tsiolkovsky et un T-shirt de la NASA délavé et trois tailles trop grand. Une minute plus tard, elle me racontait ses virées en deltaplane en compagnie des ados *tsiolniki* et me confiait combien ils étaient fiers de cette herbe un peu fade qu'ils cultivaient en douce dans l'une des cuves à maïs. Je n'avais pas réalisé qu'elle était également un substitut jusqu'à ce que Hiro clique pour m'annoncer que la partie était terminée. Elle devait venir s'installer avec moi une semaine plus tard.

« Une minute, d'ac' ? » Hiro grinça des dents, un son atroce. « Une. *Uno*. » Puis il ne fut plus là, totalement déconnecté du circuit, même plus à l'écoute sans doute.

« Comment ça se passe à l'Évacuation Cinq ? » Je m'accroupis près d'elle et me trouvai moi aussi quelques galets à tripoter.

« Pas trop mal. J'ai dû m'éloigner de lui quelque temps, le bourrer d'hypnotiques. C'est mon traducteur qui m'a annoncé que tu montais. » Elle avait ce genre d'accent traînant du Texas qui confond *ice* – la glace – et *ass* – le cul.

« Je croyais que tu parlais l'espagnol. Guy est chilien, non ? » Je lançai l'un de mes galets dans le bassin.

« Je parle mexicain. Les vautours de la culture ont décrété qu'il n'apprécierait pas mon accent. C'est pas un désavantage. Je ne peux pas le suivre quand il parle vite. » Un de ses cailloux coula derrière le mien, créant des rides qui s'étendirent à la surface. « Ce qui est en permanence », ajouta-t-elle. Une carpe approcha, voir si son galet était comestible. « Il ne va pas s'en sortir. » Elle ne me regardait pas. Son ton était parfaitement neutre. « Le petit Jorge ne s'en sortira certainement pas. »

Je choisis le plus plat de tous mes galets et tentai de le faire ricocher jusqu'à l'autre bord du bassin, mais il coula. Moins j'en saurais sur Jorge le Chilien, mieux cela vaudrait. Je savais que c'était un vivant, l'un des dix pour cent de survivants. Notre taux de décès à l'arrivée s'élève à vingt pour cent. Suicides. Soixante-dix pour cent des arrivages de viande fraîche sont bons pour le cabanon : bons pour les couches-culottes, baveux, gagas, complètement jetés. Charmian et moi sommes les substituts pour les dix pour cent restants.

Si les premiers à rentrer n'étaient revenus qu'avec des coquillages, je doute qu'il y aurait un Paradis ici. On l'avait édifié après avoir découvert dans la main glacée du cadavre d'un Français un anneau de douze centimètres en acier codé magnétiquement, sinistre parodie du gamin veinard qui gagne un tour de manège gratuit. Il se peut qu'on ne sache jamais ni où ni comment il a pu l'obtenir, mais cet anneau s'est révélé être la pierre de Rosette contre le cancer. Si bien qu'à présent, c'est devenu un culte du cargo pour toute la race humaine. Nous pouvons recueillir là-haut des trucs sur lesquels nos chercheurs risqueraient de ne pas tomber d'ici mille ans. Charmian dit que nous sommes comme ces pauvres cloches dans leur île, qui passent tout leur temps à construire des pistes d'atterrissage pour que reviennent les grands oiseaux d'argent. Charmian dit que le contact avec les « civilisations supérieures » est une chose qu'elle ne souhaiterait pas à son pire ennemi.

« Jamais demandé comment ils avaient monté cette embrouille, Toby ? » Elle lorgnait vers l'est, à contre-jour, notre contrée cylindrique, verdoyante et dépourvue d'horizon. « Ils ont dû réunir tous leurs pontes, l'élite des pays, bien alignés autour d'une table en authentique imitation bois de rose, fourniture Pentagone standard. Chacun avait un calepin tout neuf avec un beau crayon bien taillé tout exprès pour l'occasion. Ils étaient tous là : les freudiens, les jungiens, les adleriens, les fous des rats de Skinner, au choix. Et chacun de ces salauds savait au fond de lui que l'heure était venue de jouer son va-tout. En tant que profession, non pas simplement comme représentant d'une faction donnée. Les voilà donc ensemble, l'incarnation de la psychiatrie occidentale. Et rien ne se passe ! Des gens débouchent comme ça de l'Autoroute, morts, ou alors ils arrivent en bavochant des comptines. Les vivants tiennent deux-trois jours, restent muets comme des carpes, puis se flinguent ou deviennent catatoniques. » Elle prit à sa ceinture une petite lampe torche et, négligemment, brisa son boîtier de plastique pour en extraire le réflecteur parabolique. « Le Kremlin pousse les hauts cris, la CIA devient marteau. Et, pire que tout, les multinationales qui veulent financer le spectacle se mettent à traîner les pieds. " Des cadavres d'astronautes ? Pas de résultats tangibles ? On marche plus, les mecs. " Alors, ils deviennent nerveux, tous ces superpsys, jusqu'à ce que l'un d'eux, peut-être un tordu venu de Berkeley, lance – et son accent traînant parodia le ton moelleux du type défoncé – : " Eh ! dites donc, et si on installait tout simplement ces gars dans un coin vraiment *chouette,* avec un paquet de bonne dope, en compagnie de quelqu'un avec qui ils pourraient vraiment *communiquer,* hein ? " » Elle rit, hocha la tête. Elle se servait du réflecteur pour allumer sa cigarette, en concentrant les rayons solaires. On ne nous donne pas d'allumettes, le feu bousille l'équilibre oxygène-gaz carbonique. Une minuscule volute de fumée grise s'éleva du foyer chauffé à blanc.

« Bon, dit Hiro, c'est ta minute. » Je consultai ma montre ; ça en faisait plutôt trois.

« Bonne chance, chou, dit-elle doucement, en faisant mine de lorgner sa cigarette. Et bon voyage. »

La promesse de la douleur. Elle est là, chaque fois. Vous savez qu'elle va arriver, mais vous ne savez pas quand ni exactement comment. Vous essayez de vous accrocher à eux ; vous les bercez dans le noir. Mais si vous cherchez à résister à la douleur, vous ne pouvez plus fonctionner. C'est le poème que cite Hiro : *Enseigne-nous à nous soucier sans souci.*

Nous sommes des mouches domestiques intelligentes qui errent dans un hall d'aéroport international ; certaines d'entre nous parviennent à s'embarquer au hasard pour Londres ou Rio, voire à survivre au voyage et à en revenir. « Eh ! disent les autres mouches, qu'est-ce qui se passe de l'autre côté de cette porte ? Qu'est-ce qu'ils savent de plus que nous ? » Au bord de l'Autoroute, tous les langages humains s'effilochent entre vos mains – hormis, peut-être, le langage du chaman, du cabaliste, le langage du mystique absorbé dans l'établissement de ses hiérarchies de démons, d'anges et de saints.

Mais l'Autoroute est gouvernée par des règles et nous en avons appris quelques-unes. Ça nous procure un minimum à quoi nous raccrocher.

Règle un : une entité par voyage ; ni équipes ni couples.

Règle deux : pas d'intelligence artificielle ; qu'importe ce qui existe là-bas, il ne prêtera nulle attention à une machine intelligente, du moins pas de celles que nous savons fabriquer.

Règle trois : les appareils enregistreurs constituent une perte de place. Ils reviennent toujours vides.

Des douzaines de nouvelles écoles de physique sont nées dans le sillage de sainte Olga, des hérésies encore plus élégantes et bizarres, chacune espérant se frayer un chemin jusqu'au cœur du mystère. Toutes ont échoué. Dans le calme murmurant des nuits du Paradis, on peut s'imaginer entendre crépiter les paradigmes, les fragments de théorie se pulvériser en brillante poussière chaque fois que la vie de travail de l'un ou l'autre groupe de recherche industrielle se voit soudain réduite au rang de maigre note au bas des pages de l'histoire, tout cela dans le temps qu'il faut à votre voyageur déglingué pour marmonner quelques fragments dans le noir.

Des mouches dans un aéroport, qui font du stop. On leur recommande instamment de ne pas trop poser de questions ; on leur recommande instamment de ne pas chercher à embrasser le Grand Projet. Toute tentative réitérée dans cette direction mène invariablement à l'inexorable et lente floraison de la paranoïa, l'esprit qui projette d'immenses et sombres motifs sur les murs de la nuit, des motifs qui ont le chic pour se concrétiser, devenir folie, devenir religion. Les plus malignes des mouches s'en tiennent à la théorie de la Boîte noire ; la Boîte noire est la métaphore consacrée, l'Autoroute demeurant le *x* dans toute saine équation. Nous ne sommes pas censés nous soucier de savoir ce qu'est l'Autoroute, ou qui l'a mise là. À la place, on se concentre sur ce qu'on met dans la Boîte et ce qu'on en retire. Il y a un certain nombre de choses que nous expédions par l'Autoroute (une femme nommée Olga, son vaisseau, et tant d'autres qui les ont suivis), et des choses qui nous reviennent (une folle, une coquille, des objets manufacturés, des fragments de technologies extraterrestres). Les théoriciens de la Boîte noire nous assurent que notre souci premier est d'optimiser l'échange. Nous sommes ici pour voir si notre espèce en a pour son argent. Malgré tout, certaines choses deviennent de plus en plus évidentes ; parmi elles, le fait que nous ne sommes pas les seules mouches à avoir trouvé le moyen de pénétrer dans l'aéroport. Nous avons recueilli des articles manufacturés originaires d'une bonne douzaine de cultures totalement divergentes. « D'autres ploucs », comme dit Charmian. Nous sommes comme un troupeau de rats dans la cale d'un cargo, échangeant des colifichets avec les rats des autres ports. Et rêvant des lumières éclatantes de la grande ville.

Pour dire les choses simplement : une affaire d'entrées et de sorties. Leni Hoffmannstahl : à dégager.

Nous avions prévu le retour de Leni Hoffmannstahl à l'Évacuation Trois, également connue sous le nom d'Élysée. Accroupi dans un bosquet de méticuleuses reproductions de jeunes pousses d'érable, j'étudiais son vaisseau. À l'origine, il avait ressemblé à une sauterelle sans ailes, le mince abdomen de dix mètres abritant le moteur à réaction. À présent, le propulseur retiré, on aurait plutôt dit une pupe blanc mat, avec la saillie des yeux larvaires encombrée de l'aussi traditionnelle qu'inutile batterie de capteurs et de sondes. L'engin reposait sur la pente douce au centre de la clairière, une colline spécialement conçue et modelée pour supporter une grande variété d'engins. Les plus récents sont plus petits, le genre machine à laver de grand prix, cosses minimalistes désormais dénuées de toute prétention à jouer les vaisseaux d'exploration. Des frigos à viande fraîche.

« Je ne le sens pas, cet arrivage, dit Hiro. Non, ce coup-ci, je ne le sens pas… M'a pas l'air normal… » Il aurait pu parler tout seul. Il aurait presque pu être moi, en train de parler tout seul, ce qui signifiait que le gestalt manipulateur-substitut était quasi opérationnel. Bloqué dans mon rôle, je ne suis plus alors l'aiguilleur pour l'oreille avide du Paradis, une sonde spécialisée reliée par radio à un psychiatre encore plus spécialisé ; quand la gestalt s'enclenche, Hiro et moi fusionnons en quelque chose d'autre, une chose que nous ne pouvons ni l'un ni l'autre admettre en dehors des périodes où cela se produit. Notre relation donnerait des cauchemars à un freudien orthodoxe. Mais je savais qu'il avait raison ; il y avait cette fois quelque chose de tout à fait anormal.

La clairière était grossièrement circulaire. Obligatoirement ; c'était en fait un cercle de quinze mètres de diamètre découpé dans le plancher du Paradis, la base de l'ascenseur circulaire déguisée en miniprairie alpine. Ils avaient déjà découpé le moteur de Leni, hissé son vaisseau dans le cylindre extérieur, rabaissé la clairière au niveau de la porte du sas, puis monté le tout au Paradis sur ce plat à tarte géant agrémenté de gazon et de fleurs sauvages. Ils avaient aveuglé ses capteurs en les saturant d'émissions, scellé les hublots et les écoutilles ; le Paradis est censé être une surprise pour les nouveaux arrivants.

Je me surpris à me demander si Charmian était déjà retournée auprès de Jorge. Peut-être qu'elle était en train de lui cuisiner quelque chose, un de ces poissons que nous « attrapons » sitôt qu'ils sont lâchés de leur cage au fond des bassins pour nous tomber dans la main. J'imaginai l'odeur du poisson en train de frire, fermai les yeux, et vis Charmian qui pataugeait dans l'eau peu profonde, les cuisses perlées de gouttes brillantes, une fille aux longues jambes dans un vivier au Paradis.

« Vas-y, Toby ! Fonce, maintenant ! »

Le volume me résonna dans le crâne, l'entraînement et le réflexe de la gestalt m'avaient déjà propulsé à mi-clairière. « Bon Dieu de bon Dieu de bon Dieu… » Le mantra de Hiro, et je sus alors que tout allait effectivement complètement de travers. Hillary, le traducteur, composait un arrière-plan sonore perçant, crépitement de glace de la BBC, tandis qu'elle débitait quelque chose à toute vitesse, un truc quelconque sur les planches anatomiques. Hiro devait avoir commandé le déverrouillage de l'écoutille par télécommande, mais il n'attendit même pas que les verrous se dévissent ; il déclencha les six boulons explosifs incorporés dans la coque et envoya valser tout le mécanisme en bloc. Qui me manqua de justesse. Je m'étais instinctivement écarté de sa trajectoire. Puis je me retrouvai en train d'escalader le flanc lisse du vaisseau, de m'accrocher à la charpente en nid-d'abeilles juste à l'intérieur de l'entrée; dans l'explosion, le mécanisme du sas avait emporté avec lui l'échelle d'alu.

Et je me figeai sur place, accroupi, dans l'odeur de plastic émanant des boulons, parce que c'est à ce moment précis que la Peur me trouva, vraiment, et pour la première fois.

Je l'avais déjà ressentie, la Peur, avec un grand P, mais seulement les prémices, les franges extrêmes. À présent, elle était vaste, c'était le tréfonds même de la nuit, un gouffre implacable et froid. C'étaient les derniers mots, les profondeurs de l'espace, tous les longs adieux de l'histoire de notre espèce. Elle me fit reculer en gémissant. Je tremblais, rampais, pleurais. Ils nous font des conférences là-dessus, ils nous mettent en garde, tentent de l'éliminer en expliquant qu'il s'agit d'une sorte d'agoraphobie temporaire endémique à notre travail. Mais nous savons tous ce que c'est. Les substituts le savent et les manipulateurs ne peuvent pas. Aucune explication ne s'en est jamais approchée.

C'est la Peur. C'est le long doigt de la Grande Nuit, l'obscurité qui offre les damnés marmonnants en pâture à la douce et blanche gueule des salles d'asile. Olga fut la première à la connaître, sainte Olga. Elle a voulu nous la dissimuler, griffant son équipement radio, s'ensanglantant les mains pour détruire la capacité d'émission du vaisseau, priant que la Terre l'abandonne, la laisse mourir…

Hiro était dans tous ses états, mais il devait avoir compris et il savait quoi faire.

Il me balança l'impulsion de douleur. À fond. Encore et encore, comme un aiguillon de bouvier. Il me força à pénétrer dans le vaisseau. Me força à surmonter la Peur.

Au-delà de la Peur, il y avait une cabine. Le silence, et une odeur étrange, une odeur de femme.

Le module exigu était usé, comme s'il portait la patine d'un chez-soi, le plastique fatigué de la couchette anti-g était recollé avec des bouts d'adhésif argent qui se décollaient. Mais tout cet environnement semblait se mouler autour d'une absence. Elle n'était pas là. Puis je vis la frise insensée de graffitis au stylo bille : des symboles inscrits en pattes de mouche, des milliers d'ovales minuscules, déformés et superposés. Tachés de marques de pouce, pathétiques, ils couvraient la plus grande partie de la cloison arrière.

Hiro était réduit à un murmure de parasites implorants : *Trouve-la, Toby, maintenant, je t'en supplie, Toby, trouve-la, trouve...*

Je la trouvai dans le compartiment chirurgical, une étroite alcôve en retrait de la coursive. Au-dessus d'elle, la *Schöne Maschine,* le manipulateur chirurgical, éclatant, avec ses minces bras nickelés soigneusement repliés, crabe-araignée aux membres chromés, terminés par des pinces hémostatiques, des forceps, un scalpel laser. Hillary était hystérique, à moitié perdu sur quelque canal affaibli, parti dans une description anatomique du bras humain, les tendons, les artères, la taxinomie de base. Hillary hurlait.

Il n'y avait pas une goutte de sang. Le manipulateur est une machine propre, capable de travailler sans bavures en gravité zéro, en aspirant à mesure le sang. Elle était morte juste avant que Hiro fasse sauter l'écoutille, le bras droit étendu sur le plastique blanc de la table d'opération, pareil à un dessin médiéval d'écorché, les muscles et les autres tissus étalés avec une rigoureuse symétrie, retenus par une douzaine d'épingles de dissection en Inox. Elle était morte, vidée de son sang. Un manipulateur chirurgical est soigneusement programmé contre les suicides, mais il peut également opérer comme robot dissecteur, préparant des coupes biologiques à conserver.

Elle avait trouvé un moyen de le tromper. On y arrive en général, avec les machines, avec le temps. Elle avait eu huit ans devant elle.

Elle gisait dans le bâti rétractable, analogue au squelette fossile d'un fauteuil de dentiste ; à travers ses montants, j'apercevais l'inscription pâlie, cousue sur le dos de son survêtement, l'emblème d'un conglomérat électronique ouest-allemand. J'essayai de lui parler. Je lui dis : « Je t'en prie, tu es morte. Pardonne-nous, nous sommes venus pour essayer de t'aider, Hiro et moi. Tu saisis ? Il te connaît, vois-tu, Hiro, il est ici, dans ma tête. Il a lu ton dossier, sait ton profil sexuel, les couleurs que tu préfères. Il connaît tes peurs d'enfance, ton premier amant, le nom d'un professeur qui t'aimait bien. Et j'ai précisément les phéromones qu'il faut, je suis un arsenal de drogues ambulant, un truc qui doit te plaire fatalement. Et nous savons mentir, Hiro et moi ; nous sommes des as du mensonge. Je t'en supplie. Il faut que tu voies. De parfaits étrangers, mais Hiro et moi, pour toi, nous composons l'étranger parfait, Leni. »

C'était une femme de petite taille, blonde, aux cheveux lisses prématurément marqués de gris. Je les touchai, une seule fois, puis ressortis. Alors que j'étais immobile au milieu de la clairière, l'herbe haute se mit à frémir, les fleurs sauvages à trembler et nous entamâmes notre descente, le vaisseau au centre du paysage circulaire de la plate-forme élévatrice. La clairière s'enfonça pour quitter le Paradis et la lumière du soleil fut effacée par l'éclat des énormes lampes à décharge qui jetaient leurs ombres dures sur le vaste pont du sas. Silhouettes en combinaison rouge qui courent. Une Dinky Toy rouge qui fait un demi-tour sur ses grosses roues de caoutchouc, pour s'écarter de notre passage.

Nevsky, le surfeur du KGB, attendait au pied de la passerelle roulante qu'ils avaient poussée contre le bord de la clairière. Je ne le vis qu'au moment d'arriver en bas.

« Je dois récupérer les drogues maintenant, monsieur Halpert. »

Je restais planté là, vacillant, plissant les yeux pour chasser mes larmes. Il étendit la main pour me maintenir. Je me demandais s'il savait même pourquoi il était descendu ici à ce niveau, combinaison jaune en territoire rouge. Mais il s'en fichait sans doute ; il semblait se fiche de pas mal de choses ; il avait son calepin sous la main.

« Je dois les récupérer, monsieur Halpert. »

Je me défis de la combinaison, la roulai en boule, la lui tendis. Il la fourra dans un Ziploc en plastique, qu'il glissa dans une mallette retenue par des menottes à son poignet gauche, puis brouilla la combinaison.

« Va pas les prendre toutes en une seule fois, gamin », l'avertis-je. Puis je m'évanouis.

Tard, cette nuit-là, Charmian descendit dans ma cabine une obscurité particulière, en doses individuelles emballées dans de l'alu épais. Ce n'était rien comparé aux ténèbres de la Grande Nuit, cette obscurité intelligente qui traque les stoppeurs pour les faire échouer au cabanon, aux Pavillons, cette obscurité qui incube la Peur. C'était une obscurité pareille aux ombres qui se meuvent sur la banquette arrière de la voiture de vos parents, par une nuit pluvieuse quand on a cinq ans, qu'on est bien au chaud et en sécurité. Charmian est bien plus combinarde que moi quand il s'agit de passer le barrage des cocheurs de calepin, les gars comme Nevsky.

Je ne lui ai pas demandé pourquoi elle était redescendue du Paradis ni ce qui était arrivé à Jorge. Elle ne me posa pas de questions non plus sur Leni.

Hiro était parti, fin des émissions. Je l'avais vu l'après-midi au rapport, comme d'habitude, et nos yeux avaient évité de se croiser. Peu importait. Je savais qu'il reviendrait. Ç'avait été le boulot habituel, en fait. Une sale journée au Paradis, mais ce n'est jamais facile. C'est dur quand on ressent la Peur pour la première fois, mais j'ai toujours su qu'elle était là, tapie à attendre. Ils ont parlé des diagrammes de Leni et de ses croquis au stylo bille de chaînes moléculaires qui changent sur commande. Des molécules capables de fonctionner comme des interrupteurs, des éléments logiques et même un genre de câblage, établis en couches au sein d'une seule molécule de très grande taille, en fait un ordinateur miniaturisé. Nous ne saurons sans doute jamais ce qu'elle a rencontré là-bas ; ne connaîtrons sans doute jamais les détails de la transaction. Il se pourrait qu'on le regrette, si on le découvrait. Nous ne sommes pas la seule tribu à vivre dans l'arrière-pays, nous ne sommes pas les seuls occupants de l'*Hinterland* à vouloir récupérer des bricoles.

Au diable Leni, au diable ce Français, au diable tous ceux qui ont ramené des objets, des remèdes au cancer, des coquillages, des machins sans nom – qui nous forcent à attendre ici, remplissent les Pavillons psychiatriques, nous amènent la Peur. Raccroche-toi plutôt à cette obscurité, tiède et proche, à la respiration lente de Charmian, au rythme de la mer. Tu te défonces suffisamment là-haut ; tu l'entendras, la mer très loin, comme dans un coquillage, derrière le bruit de fond permanent de l'ostéophone. C'est quelque chose que l'on porte tous en nous, si loin que nous soyons de nos racines.

Charmian s'agita près de moi, marmonna le nom d'un étranger, le nom de quelque voyageur brisé depuis longtemps descendu aux Pavillons. Elle détient actuellement le record ; elle a maintenu en vie un homme pendant quinze jours, jusqu'à ce qu'il s'arrache les yeux des orbites avec les pouces. Elle a hurlé pendant toute la descente, s'est brisé les ongles sur le couvercle en plastique de l'ascenseur. Puis ils lui ont donné des calmants.

Malgré tout, nous avons l'un comme l'autre le virus, ce besoin spécifique, cette pulsion tordue qui nous force à retourner sans cesse au Paradis. Nous l'avons l'un comme l'autre attrapé de la même manière, à poireauter là-bas dans nos petits vaisseaux des semaines durant, attendant que l'Autoroute nous emporte. Et quand notre dernière salve eut été tirée, on nous a récupérés et ramenés ici en remorqueur. Certains ne se font jamais prendre, voilà tout, et nul ne sait pourquoi. Et vous n'avez jamais droit à une seconde chance. Ils disent que c'est trop cher, mais ce qu'ils veulent dire en vérité, tandis qu'ils lorgnent les pansements à vos poignets, c'est qu'à présent vous avez trop de valeur, vous leur êtes trop utile en tant que substitut potentiel. Ne vous tracassez pas pour les tentatives de suicide, qu'ils vous disent, ça se produit tout le temps. Parfaitement compréhensible : sentiment de rejet profond. Mais moi, j'avais voulu partir, je le voulais tellement. Et Charmian aussi. Elle a essayé avec les comprimés. Mais ils ont fait du bon boulot sur nous, nous ont un peu tordus pour redresser nos pulsions, ont implanté l'ostéophone et nous ont accouplés avec des manipulateurs.

Olga devait l'avoir su, devait avoir tout vu, d'une certaine façon ; elle essayait de nous empêcher de trouver le moyen de retourner là-bas, où elle était allée. Elle savait que si on la retrouvait, on serait obligés de partir. Même maintenant, sachant ce que je sais, j'ai encore envie de partir. Je n'irai jamais. Mais je peux toujours me balancer ici, loin sous cette obscurité qui nous domine, écrasante, la main de Charmian dans la mienne. Entre nos paumes, le papier d'alu froissé de la drogue. Et sainte Olga nous sourit depuis son mur, on peut la sentir ; tous ces tirages du même cliché publicitaire, déchirés et agrafés sur les murs de la nuit, avec son blanc sourire, à jamais.

Hôtel New Rose

Sept nuits de location dans ce cercueil, Sandii. Hôtel New Rose. Comme j'ai envie de toi, maintenant. Parfois, je te remets. Me la repasse, lente, douce, méchante, je m'y sens presque. Parfois, je sors de mon sac ton petit automatique, caresse du pouce le chrome bon marché si lisse. Calibre 22 chinois, la mire pas plus large que les pupilles dilatées de tes yeux évanouis.

Fox est mort à présent, Sandii.

Fox m'a dit de t'oublier.

Je me souviens de Fox, appuyé au comptoir capitonné, dans le salon obscur de quelque hôtel de Singapour, Bencoolen Street, ses mains en train de décrire diverses sphères d'influence, des rivalités internes, l'arc d'une carrière particulière, le point faible qu'il avait découvert dans l'armure de quelque groupe d'experts. Fox jouait les aiguilleurs dans les guerres de cerveaux, un intermédiaire pour les croisements intertrusts. C'était un soldat dans les escarmouches secrètes des zaïbatsus, ces corporations multinationales qui contrôlent des économies entières.

Je voyais Fox sourire, parler vite, rejeter d'un hochement de tête mes tentatives d'espionnage intercorporations. La Pointe, disait-il. Faut trouver la Pointe. Il vous faisait entendre le P majuscule. La Pointe, c'était le Graal de Fox, la fraction essentielle de son pur talent humain, non transférable, verrouillée dans le cerveau des chercheurs scientifiques les plus en pointe.

« Tu ne peux pas coucher la Pointe sur du papier, expliquait Fox, la mettre sur une disquette. »

Le fric, il était dans les transfuges des multinationales.

Fox était impec, la sévérité de ses costumes sombres français compensée par un accroche-cœur de gamin qui refusait de tenir en place. J'ai toujours détesté voir l'effet gâché chaque fois qu'il s'écartait du bar, cette épaule gauche de traviole avec un angle qu'aucun couturier parisien ne pouvait dissimuler. Quelqu'un lui avait roulé dessus avec un taxi à Berne et personne n'avait su le remonter convenablement.

Je suppose que je l'ai accompagné parce qu'il disait vouloir chercher la Pointe.

Et quelque part par là-bas, dans notre quête de la Pointe, je t'ai trouvée, Sandii.

L'hôtel New Rose est un entrepôt de cercueils sur les franges déchiquetées de Narita International. Des capsules en plastique d'un mètre de haut sur trois de long, empilées comme des dents de Godzilla en surplus dans un silo de béton à l'écart de la route principale qui mène à l'aéroport. Chaque capsule dispose d'un téléviseur encastré au plafond. J'y passe des journées entières à regarder des émissions de jeux japonaises et de vieux films. Parfois, j'ai ton arme dans la main.

Parfois, j'entends les jets, qui entrelacent leurs circuits d'attente au-dessus de Narita. Je ferme les yeux et m'imagine leurs sillages blancs et nets qui se dissolvent, perdent leur définition.

La première fois que je t'ai vue, tu entrais dans un bar à Yokohama. Eurasienne, moitié gaijine, hanches longues et fluides dans la copie chinoise du modèle original d'un couturier de Tokyo. Yeux noirs d'Européenne, pommettes d'Asiatique. Je me souviens de toi en train de vider ton sac sur le lit, plus tard, dans quelque chambre d'hôtel, à la recherche de ton maquillage. Une liasse froissée de nouveaux yens, un carnet d'adresses en lambeaux maintenu par des élastiques, une carte à puce Mitsubishi, un passeport japonais avec le chrysanthème d'or estampé sur la couverture, et puis le calibre 22 chinois.

Tu m'as raconté ton histoire. Ton père avait été cadre à Tokyo, mais à présent il était disgracié, désavoué, renié par Hosaka, le plus grand de tous les zaïbatsus. Cette nuit-là, ta mère était hollandaise, et je t'écoutai me dévider ces étés à Amsterdam, et les pigeons sur la place du Dam, comme un doux tapis brun.

Je ne t'ai jamais demandé ce qu'avait pu faire ton père pour mériter sa disgrâce. Je te regardais t'habiller; contemplais

l'envol de tes cheveux bruns et raides, leur façon de fendre l'air.

À présent, Hosaka me pourchasse.

Les cercueils du New Rose sont empilés sur des échafaudages de récupération, tubes d'acier émaillés. La peinture brillante s'écaille quand je grimpe l'échelle, tombe à chacun de mes pas sur la passerelle. Ma main gauche compte les couvercles de cercueils, dont les autocollants multilingues avertissent des amendes encourues en cas de perte d'une clé.

Je lève les yeux tandis que les jets s'élèvent de Narita, billet de retour au pays, aussi lointain à présent que n'importe quelle lune.

Fox était rapide à voir comment t'exploiter, mais pas assez malin pour reconnaître ton ambition. Mais d'un autre côté, il n'a jamais non plus passé la nuit allongé près de toi sur la plage de Kamakura, n'a jamais écouté tes cauchemars, jamais entendu une enfance entièrement imaginaire changer encore sous ces étoiles, changer et basculer, ta bouche d'enfant qui s'ouvrait pour révéler quelque nouvelle tranche de passé, et bien sûr toujours, promis, juré, celle-là, vraiment, qui était enfin la vérité vraie.

Je m'en fichais, les mains sur tes cuisses tandis que le sable refroidissait contre ta peau.

Un jour, tu m'as laissé, pour retourner au pas de course sur cette plage en disant que t'avais oublié notre clé. Je l'ai retrouvée sur la porte et t'ai poursuivie, pour te retrouver debout dans le ressac jusqu'aux chevilles, ton dos lisse raidi, tremblant ; les yeux lointains. Incapable de parler. Frissonnante. Partie. Tremblant pour des avenirs différents et de meilleurs passés.

Sandii, tu m'as laissé ici.

Tu m'as laissé toutes tes affaires.

Ce pistolet. Ton maquillage, les ombres et tous les fards sous le couvercle de plastique. Ton micro Cray, cadeau de Fox, avec la liste d'achats que tu y avais entrée. Des fois, je me la repasse, regardant chaque article traverser le petit écran argenté :

Un congélateur. Une cuve à fermentation. Une étuve. Un appareil d'électrophorèse avec table lumineuse de lecture des bandes d'agarose. Un incrustateur de tissus. Un chromatographe en phase liquide à haute performance. Un cytomètre en continu. Un spectrophotomètre. Quatre gros tubes en boro-

silicate pour scintigraphie. Une microcentrifugeuse. Et un synthétiseur d'A.D.N., avec ordinateur intégré. Plus du logiciel.

Coûteux, Sandii, mais à l'époque, Hosaka endossait nos factures. Plus tard, tu leur as fait cracher encore plus, mais tu étais déjà partie.

Hiroshi l'avait dressée pour toi, cette liste. Au lit, sans doute. Hiroshi Yomiuri. Maas-Biolabs GmbH l'avait. Hosaka le voulait.

Le gros gibier. Recherche de Pointe et tout le toutim. Fox suivait à la trace les ingénieurs en génétique comme un fan suit son joueur favori. Fox désirait avoir Hiroshi au point d'en sentir le goût.

Trois fois avant que tu n'apparaisses, il m'avait expédié à Francfort, juste histoire de me le mettre dans l'œil. Pas pour faire une passe ni même pour lui adresser un clin d'œil, un signe de tête. Non, juste pour mater.

Hiroshi montrait tous les signes du type installé. Il s'était trouvé une Allemande avec un goût prononcé pour les lodens classiques et les bottes de cheval cirées marron frais. Il avait acheté une maison rénovée donnant pile sur la place convenable. Il s'était mis à l'escrime et avait abandonné le kendo.

Et partout, les équipes de sécurité de Maas, lisses et lourdes, un épais sirop limpide de surveillance. Je revins et dis à Fox qu'on ne pourrait jamais lui mettre la main dessus.

Tu lui as mis la main dessus pour nous, Sandii. Juste comme il fallait.

Nos contacts d'Hosaka étaient comme des cellules spécialisées protégeant l'organisme parent. Nous étions des mutagènes, Fox et moi, de douteux agents à la dérive sur la face obscure de la mer intertrusts.

Dès qu'on t'eut installée à Vienne, on leur offrit Hiroshi. Ils ne cillèrent même pas. Calme plat dans une chambre d'hôtel à LA. Ils dirent qu'il fallait qu'ils réfléchissent.

Fox prononça le nom du rival principal d'Hosaka dans le jeu des gènes, le laissa échapper crûment, rompant le protocole qui interdit l'usage des noms propres.

Il fallait qu'ils réfléchissent, avaient-ils dit.

Fox leur donna trois jours.

Je t'avais emmenée à Barcelone trois jours avant de te conduire à Vienne. Je me souviens de tes cheveux glissés sous un béret gris, de tes pommettes hautes de Mongole réfléchies sur les vitrines de boutiques anciennes. Descendant les Ram-

blas d'un pas tranquille en direction du port phénicien, longeant le Mercado sous la verrière duquel on vend des oranges d'Afrique.

Le vieux Ritz, la chaleur de notre chambre, sombre, sous l'abri de l'Europe tout entière pesant doucement sur nous comme un édredon. Je pouvais te pénétrer dans ton sommeil. Tu étais toujours prête. Revoir encore tes lèvres s'arrondir en un doux O de surprise, ton visage prêt à s'abîmer dans l'épais oreiller blanc – linge archaïque du Ritz. Niché en toi, j'imaginais tout ce néon, les foules grouillant autour de la gare de Shinjuku, la nuit électrique câblée. Tu évoluais ainsi, au rythme d'un nouvel âge, rêveuse et si loin de la terre d'une quelconque nation.

Quand nous eûmes rejoint Vienne en avion, je t'installai dans l'hôtel préféré de l'épouse d'Hiroshi. Tranquille, solide, le hall carrelé comme un échiquier de marbre, avec des ascenseurs en cuivre qui sentaient la citronnelle et le cigarillo. Il était aisé de l'imaginer là-bas, l'éclat de ses bottes de cheval reflété sur le marbre poli, mais nous savions l'un comme l'autre qu'elle ne viendrait pas, pas cette fois-là.

Elle était partie dans quelque ville d'eaux de la vallée du Rhin, et Hiroshi était à Vienne pour une conférence. Quand les services de sécurité de Maas envahirent l'hôtel pour l'inspecter, tu avais disparu.

Hiroshi arriva une heure plus tard, seul.

Imagine un extraterrestre, avait un jour dit Fox, débarqué ici pour identifier la forme d'intelligence dominante de la planète. L'extraterrestre jette un œil puis se décide. À ton avis, quel est son choix ? J'ai sans doute haussé les épaules.

Les zaïbatsus, répondit Fox, les multinationales. Le sang d'un zaïbatsu, c'est l'information, pas les individus. La structure est indépendante des vies individuelles qui la composent. L'entreprise devenue forme de vie.

Pas encore ton discours sur la Pointe, lui ai-je dit.

« Maas n'est pas comme ça », poursuivit-il, ignorant ma remarque.

Maas était petite, rapide, impitoyable. Un atavisme. Maas était complètement en Pointe.

Je me rappelle Fox m'expliquant la nature de la Pointe d'Hiroshi. Son avance, c'étaient les nucléases radioactives, les anticorps monoclonaux, quelque chose à voir avec les chaînes de protéines, les nucléotides… Brûlantes, comme les appelait

Fox, des protéines brûlantes. Des chaînages à haute vitesse. Il disait qu'Hiroshi était un monstre, le genre à faire éclater les paradigmes, à bouleverser un champ entier de la science, à amener une révision déchirante de pans entiers du savoir. Des brevets fondamentaux, poursuivait-il, la gorge serrée devant cette pure richesse, avec par-dessus l'odeur ténue des millions hors taxes accrochée à ces deux mots.

Hosaka voulait Hiroshi, mais sa Pointe était assez radicale pour les tracasser. Ils voulaient le faire travailler dans l'isolement.

Je me rendis à Marrakech, la vieille ville, la médina. J'y trouvai un labo d'héroïne reconverti dans l'extraction des phéromones. Je l'achetai, avec l'argent d'Hosaka.

Je traversai la place du marché Djemaa el-Fna en compagnie d'un homme d'affaires portugais en nage, discutant d'éclairage fluo et de l'installation de cages à spécimens ventilées. Derrière les murailles de la cité, le Haut Atlas. La place Djemaa el-Fna était encombrée de jongleurs, de danseurs, de conteurs, de petits garçons qui entraînaient des tours avec les pieds, de mendiants culs-de-jatte avec leur sébile en bois sous les hologrammes animés des publicités de logiciels français.

Nous déambulions entre des balles de laine écrue et des bacs en plastique remplis de micropuces chinoises. Je glissai que mes employeurs comptaient fabriquer de la bêta-endorphine synthétique. Toujours essayer de leur donner quelque chose qu'ils comprennent.

Sandii, je me souviens de toi à Harajuku, parfois. Que je ferme les yeux dans ce cercueil et je te revois là-bas – tout ce chatoiement, le dédale cristallin des boutiques, l'odeur des habits neufs. Je vois le reflet de tes pommettes glisser sur les étals chromés de cuir de Paris. Parfois aussi, je te tiens par la main.

Nous avions cru t'avoir trouvée, Sandii, mais à vrai dire, c'était l'inverse. Je sais à présent que tu nous cherchais, ou du moins quelqu'un dans notre genre. Fox était ravi, souriant devant notre prise : un si joli nouvel instrument, aussi brillant que n'importe quel scalpel. Le truc parfait pour nous aider à trancher une Pointe rétive, comme celle d'Hiroshi, la séparer du corps parent jaloux de Maas-Biolabs.

Tu devais chercher depuis un bout de temps, chercher une sortie, toutes ces nuits dans Shinjuku. Des nuits que tu avais pris soin de couper dans le jeu mêlé de ton passé.

Mon propre passé avait déjà sombré depuis des années, perdu corps et biens, sans laisser de traces. Je comprenais la manie de fin de soirée qu'avait Fox de vider son portefeuille, fouinant pour retrouver sa propre identité. Il étalait les pièces selon divers arrangements, les redisposait, attendait qu'une image se forme. Toi, tu faisais de même avec tes enfances.

Au New Rose, ce soir, j'ai choisi parmi ton jeu de passés.

J'ai choisi la version originale, le fameux texte de la chambre d'hôtel de Yokohama, que tu me récitas ce premier soir au lit. J'ai choisi le père en disgrâce, le cadre d'Hosaka. Hosaka. Quelle coïncidence. Et la mère hollandaise, les étés à Amsterdam, le doux tapis de pigeons dans l'après-midi sur la place du Dam.

Sortant de la chaleur de Marrakech, je me retrouvai dans l'air climatisé du Hilton. Froid de la chemise moite qui me colle au creux du dos pendant que je lis le message que tu as fait transmettre par Fox. Tu étais en plein dedans ; Hiroshi quitterait sa femme. Tu n'avais aucune difficulté à communiquer avec nous, même à travers la solide pellicule transparente de la sécurité de Maas ; tu avais montré à Hiroshi le petit salon parfait pour le café et les kipferls. Ton serveur favori avait des cheveux blancs, des manières douces, marchait en claudiquant et travaillait pour nous. Tu laissais tes messages sous la serviette en lin.

Toute la journée d'aujourd'hui, j'ai regardé un petit hélicoptère dessiner une trame serrée au-dessus de ma contrée, ma terre d'exil, l'hôtel New Rose. Regardé par mon écoutille son ombre patiente traverser le béton maculé de graisse. Près. Tout près.

Je quittai Marrakech pour Berlin. J'y rencontrai dans un bar un Gallois et commençai les préparatifs pour la disparition d'Hiroshi.

Ce devait être une affaire compliquée, aussi complexe que les rouages de laiton et les miroirs coulissants des spectacles d'illusionnisme victoriens, mais l'effet était relativement simple. Hiroshi passerait derrière un fourgon Mercedes à piles à combustible et disparaîtrait. La douzaine d'agents de Maas qui le suivaient constamment s'agglutineraient alors autour du van comme autant de fourmis ; le dispositif de sécurité de Maas se durcirait comme de l'époxyde autour des points de départ.

Ils savent régler les affaires promptement, à Berlin. Je fus même capable d'arranger une dernière nuit avec toi. Sans rien en dire à Fox ; il n'aurait peut-être pas approuvé. Aujourd'hui, j'ai oublié le nom de la ville. Je l'ai su pendant une heure sur l'autobahn, sous un ciel rhénan gris, pour l'oublier entre tes bras.

La pluie s'est mise à tomber, vers le petit matin. Notre chambre avait une unique fenêtre, étroite et haute, d'où je regardais la pluie piqueter le fleuve d'aiguilles d'argent. Le bruit de ta respiration. Le fleuve s'écoulait sous des arches de pierres basses. La rue était vide. L'Europe était un musée vide.

J'avais déjà réservé ton vol pour Marrakech, au départ d'Orly, sous ton tout dernier nom. Tu serais en route quand je tirerais l'ultime ficelle qui ferait disparaître Hiroshi.

Tu avais laissé ton sac sur le vieux bureau sombre. Pendant que tu dormais, j'avais fouillé dans tes affaires, en retirant tout ce qui était susceptible de brûler la nouvelle couverture que je t'avais achetée à Berlin. Je retirai le calibre 22 chinois, ton micro et ta carte à puce. Je sortis de mon sac un nouveau passeport, néerlandais, une carte à puce de banque suisse établie au même nom, et fourrai le tout dans le tien.

Ma main alors caressa quelque chose de plat. Je le sortis, tins l'objet : une disquette. Aucune étiquette.

Posée là, au creux de ma main, toute cette mort. Latente, codée, prête.

J'étais planté là et je te regardais respirer, regardais tes seins s'élever et s'abaisser. Voyais ta bouche entrouverte et, dans la saillie gonflée de ta lèvre inférieure, comme la vague esquisse d'une ecchymose.

Je remis la disquette dans ton sac. Quand je m'allongeai près de toi, tu as roulé contre moi, réveillée, avec dans ton souffle toute la nuit électrique d'une Asie nouvelle, l'avenir qui se levait en toi comme un fluide brillant qui me lavait de tout, hormis ce moment. Telle était ta magie, de vivre hors de l'histoire, entièrement dans l'instant.

Et tu savais comment m'y conduire.

Pour la toute dernière fois, tu m'y conduisis.

Pendant que je me rasais, je t'entendis vider ton maquillage dans mon sac. « Je suis hollandaise à présent, disais-tu, il va me falloir un nouveau look. »

Le Dr Hiroshi Yomiuri disparut à Vienne, dans une rue tranquille donnant sur la Singerstrasse, à deux pâtés de mai-

sons de l'hôtel préféré de son épouse. Par un clair après-midi d'octobre, en la présence de douze témoins experts, le Dr Yomiuri se volatilisa.

Il traversa un miroir. Quelque part, dans les coulisses, le jeu bien huilé de la mécanique victorienne.

Assis dans une chambre d'hôtel à Genève, je reçus le coup de téléphone du Gallois. C'était fait, Hiroshi était tombé dans mon terrier de lapin, direction Marrakech. Je me versai à boire en pensant à tes jambes.

Fox et moi nous retrouvâmes le lendemain dans un bar à sushis du terminal de la JAL. Il descendait tout juste d'un jet d'Air Maroc, épuisé et triomphant.

« Il est ravi », dit-il, parlant d'Hiroshi. « Elle le ravit », dit-il, parlant de toi.

Je souris. Tu avais promis de me retrouver à Shinjuku dans un mois.

Ton petit pistolet bon marché dans l'hôtel New Rose. Le chrome commence à s'écailler. La facture en est maladroite, idéogrammes flous estampés sur l'acier mal fini. La crosse est en plastique rouge, avec un dragon moulé de chaque côté. Comme un jouet d'enfant.

Fox mangeait du sushi dans le terminal de la JAL, tout excité par ses exploits. Son épaule lui avait fait des misères, mais il disait qu'il s'en fichait. Assez de fric à présent pour payer de meilleurs toubibs. Assez de fric à présent pour tout.

Quelque part, ça ne me semblait pas très important, le fric que t'avais obtenu d'Hosaka. Non pas que j'eusse des doutes sur notre richesse toute neuve, mais cette dernière soirée avec toi m'avait laissé convaincu que tout cela devait nous revenir tout naturellement, que c'était dans le nouvel ordre des choses, comme une fonction de qui nous étions, de ce que nous étions.

Pauvre Fox. Avec ses chemises bleu foncé plus impeccables que jamais, ses costumes de Paris plus sombres et plus luxueux. Assis dans le terminal JAL, trempant le sushi dans un petit ravier rectangulaire empli de raifort vert, il lui restait moins d'une semaine à vivre.

L'obscurité, maintenant, et les rangées de cercueils du New Rose sont éclairées toute la nuit par des projecteurs montés sur des grands pylônes métalliques. Rien ici ne paraît servir à son usage initial. Tout est de surplus, de réemploi, même les cercueils. Il y a quarante ans, ces capsules en plastique s'empilaient à Tokyo ou à Yokohama, accessoires modernes pour hommes d'affaires en déplacement. Peut-être que ton père a dormi dans l'un d'eux. Quand l'échafaudage était neuf, il s'élevait autour de la coque de quelque tour-miroir sur Ginza, recouvert de hordes d'ouvriers.

Ce soir, la brise apporte le cliquetis des machines à sous d'une galerie de patchinko, l'odeur de légumes bouillis des charrettes de l'autre côté de la route.

J'étale de la pâte de krill arôme crabe sur des biscuits de riz orange. J'entends passer les avions.

Ces quelques derniers jours à Tokyo, Fox et moi avions des suites contiguës au cinquante-troisième étage du Hyatt. Aucun contact avec Hosaka. Ils nous avaient payés, puis effacés des mémoires officielles de la firme.

Mais Fox ne pouvait se résoudre à renoncer. Hiroshi était son bébé, son projet favori. Il avait conçu un intérêt possessif, presque paternel, envers Hiroshi. Il l'aimait pour sa Pointe. Aussi Fox m'avait-il recommandé de rester en contact avec mon homme d'affaires portugais de la médina, qui voulait bien surveiller pour nous d'un œil très partial le labo d'Hiroshi.

Quand il appelait, c'était d'une cabine sur Djemaa el-Fna, sur un fond sonore de cris de vendeurs et de flûtes de Pan de l'Atlas. Quelqu'un était en train d'amener des barbouzes à Marrakech, nous disait-il. Fox hochait la tête. Hosaka.

Après moins d'une douzaine d'appels, je vis le changement chez Fox, une tension, un air distant. Je le retrouvai devant la fenêtre, contemplant cinquante-trois étages plus bas les jardins impériaux, perdu dans des pensées qu'il ne voulut pas me confier.

« Demande-lui une description plus détaillée », me dit-il après un coup de téléphone bien précis. Il pensait qu'un homme que notre contact avait vu entrer dans le labo d'Hiroshi pourrait être Moenner, le principal spécialiste des gènes chez Hosaka.

C'était bien Moenner, confirma-t-il après l'appel suivant. Nouveau coup de téléphone, et il croyait avoir identifié Chedanne, qui dirigeait l'équipe protéines d'Hosaka. Aucun des deux n'avait été vu hors de l'arcologie de la firme depuis plus de deux ans.

Dès lors, il devenait évident que les principaux chercheurs d'Hosaka venaient s'agglutiner tranquillement dans la médina, dans le murmure des Lear-jets d'affaires noirs abordant l'aéroport de Marrakech sur leurs ailes de fibre de carbone. Fox hocha la tête. C'était un professionnel, un spécialiste, et il voyait dans cette accumulation soudaine dans la médina de toute cette Pointe extra d'Hosaka l'échec définitif de l'habileté commerciale du zaïbatsu.

« Bon Dieu, fit-il en se versant un Black Label, ils ont maintenant rassemblé là-bas tout leur secteur biologie. Une seule bombe. » Il hocha la tête. « Une seule grenade au bon endroit, au bon moment. »

Je lui rappelai les techniques de saturation que la sécurité d'Hosaka employait à l'évidence. Hosaka avait des relations jusqu'au cœur de la Diète, et son infiltration massive d'agents à Marrakech ne pouvait intervenir qu'au su du gouvernement marocain et avec son approbation.

« Laisse tomber, lui dis-je. C'est fini. Tu leur as vendu Hiroshi. À présent, oublie-le.

– Je sais ce que c'est, répondit-il. Je le sais. Je l'ai déjà vu une fois, déjà. »

Il m'expliqua qu'il subsistait toujours un certain facteur non maîtrisable dans le travail de laboratoire. L'extrême pointe de la Pointe, c'était son terme. Quand un chercheur de pointe réalise une percée, ses collègues se trouvent parfois dans l'impossibilité de reproduire ses résultats initiaux. La chose était encore plus probable avec Hiroshi dont les travaux allaient à l'encontre des fondements conceptuels de sa branche. La réponse, bien souvent, était de faire visiter au petit génie tous les labos de la firme, pour une séance rituelle d'imposition des mains. Quelques réglages mineurs sur l'équipement, et l'expérience se mettait à fonctionner. « Un truc dingue, ajouta-t-il, personne ne sait pourquoi ça marche ainsi, mais le fait est que ça marche. » Il souriait.

« Seulement, ils sont en train de prendre un risque, remarqua-t-il. Ces salauds nous ont dit qu'ils voulaient isoler Hiroshi, l'écarter de leur axe principal de recherches. De la couille, oui. Je te parie tout ce que tu veux qu'une espèce de lutte pour le pouvoir est en train de se dérouler dans les labos d'Hosaka. Un des pontes essaie de pousser ses favoris et de les frotter à Hiroshi pour voir. Quand ce dernier aura fait un croc-en-jambe au département d'ingénierie génétique, les troupes de la médina seront prêtes. »

Il but son scotch et haussa les épaules.

« Va te coucher, me dit-il enfin. T'as raison, c'est fini. »

J'allai effectivement me coucher, mais le téléphone me réveilla. Marrakech encore, le bruit blanc de friture de la liaison satellite, un flot de portugais affolé.

Hosaka n'avait pas gelé notre crédit, il l'avait fait s'évaporer. D'un coup de baguette. À un instant, nous étions milliardaires dans la devise la plus solide du monde, l'instant d'après, nous étions des pauvres. Je réveillai Fox.

« Sandii, fit-il. Elle a craché le morceau. Les flics de Maas l'ont retrouvée à Vienne. Nom de Dieu. »

Je le regardai fendre sa valise fatiguée avec un couteau suisse. Il avait trois lingots d'or collés à l'intérieur à la Néoprène. Des plaques tendres, portant chacune l'estampille du Trésor de quelque gouvernement africain disparu.

« J'aurais dû le prévoir », dit-il d'une voix neutre.

Je répondis non. Je crois que j'ai prononcé ton nom.

« Oublie-la, fit-il. Hosaka veut notre mort. Ils vont supposer qu'on les aura doublés. Saute sur le téléphone et vérifie notre crédit. »

Notre crédit avait disparu. Ils nièrent même que l'un ou l'autre ait jamais possédé un compte.

« Tirons-nous », dit Fox.

Au pas de course. Sortie par une porte de service, pour se fondre dans la circulation de Tokyo, se perdre au fond de Shinjuku. C'est alors que je compris pour la première fois l'étendue réelle de l'influence d'Hosaka.

Chaque porte était close. Les gens avec qui nous étions en affaires depuis deux ans nous voyaient venir et je voyais le rideau de fer descendre derrière leurs yeux. Nous nous éclipsions avant de leur laisser le temps de décrocher leur téléphone. La tension de surface du monde souterrain avait soudain triplé et, partout, nous nous heurtions à la même membrane rigide qui nous rejetait. Pas moyen de couler, de sombrer hors de vue.

Hosaka nous laissa courir ainsi la majeure partie de cette première journée. Puis ils nous envoyèrent quelqu'un pour briser les reins de Fox une seconde fois.

Je ne les ai pas vus faire, mais je l'ai vu tomber. Nous étions dans un grand magasin de Ginza une heure avant la fermeture et j'ai vu l'arc qu'il décrivit depuis cette mezzanine cirée, pour aller s'écraser parmi tous les articles de l'Asie nouvelle.

Ils avaient réussi à me rater et je courus sans demander mon reste. Fox avait gardé l'or sur lui mais j'avais cent nouveaux yens dans la poche. J'ai couru. Sans arrêt jusqu'à l'hôtel New Rose.

À présent, l'heure est venue.

Viens avec moi, Sandii. Écoute bourdonner le néon sur la route de Narita International. Quelques papillons tardifs tracent en arrêt sur image des cercles autour des projecteurs qui illuminent le New Rose.

Et le plus drôle, Sandii, c'est à quel point parfois tu peux me sembler irréelle. Fox avait dit un jour que tu étais un ectoplasme, un spectre suscité par les excès de l'économie. Spectre du siècle nouveau, se coagulant sur mille lits dans tous les Hyatt, tous les Hilton du monde.

À présent, j'ai ton pistolet dans la main, au fond de ma poche de blouson, et ma main me semble si lointaine. Déconnectée.

Me revient mon ami l'homme d'affaires portugais, qui oubliait son anglais, essayait de se débrouiller dans quatre langues que j'entendais à peine, et je crois qu'il voulait me dire que la médina était en flammes. Pas la médina. Les cerveaux de la crème des chercheurs d'Hosaka. La peste, murmurait-il, mon homme d'affaires, la peste, la fièvre et la mort.

Malin, le Fox, il avait tout reconstitué pendant sa cavale. Je n'avais même pas eu besoin de dire que j'avais trouvé la disquette dans ton sac en Allemagne.

Quelqu'un avait reprogrammé le synthétiseur d'A.D.N., m'expliqua-t-il. Le truc était prêt pour reconstruire, du jour au lendemain, précisément, la macromolécule voulue. Avec son ordinateur intégré et son logiciel sur mesure. Coûteux, Sandii. Mais pas autant que tu avais finalement coûté à Hosaka.

J'espère que Maas t'en aura donné un bon prix.

La disquette est dans ma main. La pluie sur le fleuve. Je savais, mais sans pouvoir y faire face. J'ai remis le code de ce virus de méningite dans ton sac et l'ai reposé près de toi.

Si bien que Moenner est mort, en même temps que les autres chercheurs d'Hosaka. Y compris Hiroshi. Chedanne s'en est sorti avec des dégâts irrémédiables au cerveau.

Hiroshi ne s'était pas inquiété des risques de contamination. Les protéines sur lesquelles il travaillait étaient inoffensives. De sorte que le synthétiseur continua de bourdonner tout seul toute la nuit, pour construire un virus répondant aux spécifications de Maas-Biolabs GmbH.

Maas. Petit, rapide, impitoyable. À l'extrême Pointe.

La route de l'aéroport est longue, rectiligne. Reste dans l'ombre.

Et je criais à cette voix portugaise, je l'ai forcée à me dire ce qui était arrivé à la fille, la femme qui accompagnait Hiroshi. « Évanouie », me dit-il. Cliquetis des rouages victoriens.

Et donc Fox devait tomber, tomber avec ses trois plaques d'or pathétiques, tomber et se rompre l'échine pour la dernière fois. Sur le sol d'un grand magasin de Ginza, sous les regards figés de tous les clients avant qu'ils se mettent à hurler.

Je n'arrive vraiment pas à te haïr, *baby*.

Et voilà l'hélicoptère d'Hosaka qui se ramène, tous feux éteints, chasseur en infrarouge, traquant la chaleur corporelle. Un sifflement assourdi quand il vire, à un kilomètre de là, pour nous revenir dessus, revenir vers le New Rose. Ombre trop rapide, sur le fond lumineux de Narita.

Tout va bien, *baby*. Mais simplement, je t'en prie, reviens. Me tenir la main.

Le marché d'hiver

Il pleut beaucoup, ici ; il y a des jours d'hiver où l'on ne voit pas vraiment la lumière, juste un gris lumineux, indéterminé. Mais d'un autre côté, il y a des jours où c'est comme si l'on arrachait un rideau pour vous balancer trois minutes de montagnes suspendues en plein soleil, emblème au générique d'un film signé par Dieu en personne. C'était comme ça, le jour où ses agents appelèrent, du tréfonds du cœur de leur pyramide-miroir sur Beverly Boulevard, pour m'annoncer qu'elle avait fusionné avec le réseau, traversé pour de bon, que *Kings of Sleep* était parti pour le triple album de platine. J'avais mixé la plus grande partie de *Kings,* effectué le travail de cartographie cérébrale, et révisé le tout avec le module de balayage accéléré, alors j'étais sur les rangs pour ramasser ma part de droits.

Non, dis-je, non. Puis oui, oui, et je leur raccrochai au nez. Pris ma veste et descendis les marches quatre à quatre, direction le premier bar et une cuite de huit heures qui s'acheva sur une corniche en béton à deux mètres au-dessus de minuit. Au-dessus des eaux de la False. Lumières de la ville, ce même couvercle de ciel gris, plus petit maintenant, illuminé par les néons et les lampes à vapeur de mercure. Et il neigeait, à gros flocons, mais pas nombreux, et quand ils touchaient l'eau noire, ils disparaissaient, plus aucune trace. Je regardai mes pieds et vis mes orteils dépasser du rebord en béton, l'eau qui coulait entre eux. Je portais des souliers japonais, neufs et chers, bottes en cuir à gants de Ginza, à embout caoutchouté sur les orteils. Je restai planté là un bon moment avant de faire le premier pas en arrière.

Parce qu'elle était morte et que je l'avais laissée partir. Parce que, maintenant, elle était immortelle et que je l'y avais aidée. Et parce que je savais qu'elle m'avait téléphoné, le matin même.

Mon père était ingénieur du son, un spécialiste de la gravure. C'était un ancien, dans le métier, avant même le numérique. Son boulot relevait en partie de la mécanique, avec cette qualité propre aux vieilles bécanes quasiment victoriennes typiques de la technologie du XXe siècle. Fondamentalement, c'était un tourneur : les gens lui amenaient des enregistrements audio et il inscrivait au burin chaud leurs sons dans les sillons d'un disque de laque. Celui-ci passait ensuite dans un bain de galvanoplastie et cette matrice servait alors à presser des galettes de vinyle, ces machins noirs qu'on voit encore chez les antiquaires. Et je me souviens quand il m'avait expliqué, un jour, quelques mois avant sa mort, que certaines fréquences – les transitoires, je crois qu'il les appelait ainsi – pouvaient facilement cramer une tête, la tête de gravure, sur le plateau chauffant. Ces têtes étaient incroyablement coûteuses, alors on évitait l'incident avec un appareil appelé un accéléromètre. Et c'était à cela que je pensais tandis que j'étais là, les orteils en surplomb au-dessus de l'eau : cette tête, qui cramait.

Parce que c'était ce qu'ils lui avaient fait.

Et que c'était ce qu'elle voulait.

Pas d'accéléromètre pour Lise.

Je débranchai mon téléphone avant d'aller au lit. Je me servis pour ce faire de l'extrémité côté capteur d'un trépied de studio allemand qui allait me coûter en réparation une semaine de salaire.

Me réveillai quelque drôle de temps plus tard et retournai en taxi à Granville Island, chez Rubin.

Rubin, d'une manière que personne n'arrive vraiment à comprendre, est un maître, un professeur, ce que les Japonais appellent un *senseï*. Ce dont il est le maître, en fait, c'est du déchet, des ordures, des détritus, l'océan de pièces au rebut sur lequel flotte notre siècle. *Gomi no senseï*. Maître ès ferrailles.

Je le retrouvai, cette fois-ci, accroupi entre deux batteries mécaniques de méchant aspect et que je n'avais jamais vues, bras arachnéens rouillés repliés au cœur de constellations déchiquetées de bidons d'acier repêchés dans les décharges de Richmond. Il n'appelle jamais son coin un studio, ne se qualifie jamais d'artiste. « Du bricolage », ainsi baptise-t-il ce qu'il fait, et il semble y voir comme un prolongement de ces après-midi d'enfance parfaitement ennuyeux au fond d'une arrière-cour. Il déambule au milieu de son antre encombré et jonché de débris, une espèce de minihangar rafistolé côté berge du Marché, suivi par les plus dégourdies de ses créations, tel quelque Satan plus ou moins bienveillant, absorbé par l'élaboration de méthodes toujours nouvelles au sein de son perpétuel enfer de *gomi.* J'ai vu Rubin programmer ses constructions pour qu'elles identifient et agressent verbalement les piétons portant les vêtements de tel ou tel styliste à la mode ; d'autres effectuer des missions plus obscures, tandis que certains engins semblaient montés dans l'unique but de se démonter eux-mêmes en faisant le plus de bruit possible. Il est comme un enfant, Rubin ; il vaut également un paquet d'argent dans les galeries de Tokyo ou de Paris.

Je lui ai donc parlé de Lise. Il me laissa faire, me vider le cœur, puis hocha la tête. « Je sais, fit-il. Un vague connard de la CBS a appelé huit fois. » Il but quelque chose dans une tasse ébréchée. « Tu veux un Wild Turkey amer ?

– Pourquoi t'auraient-ils appelé ?

– Parce qu'il y a mon nom au dos de *Kings of Sleep.* En dédicace.

– Je n'avais pas encore vu la pochette.

– Elle a déjà essayé de t'appeler ?

– Non.

– Elle va le faire.

– Rubin, elle est morte. Ils l'ont déjà incinérée.

– Je sais, fit-il. Et elle va t'appeler. »

Gomi.

Où cesse le *gomi* et où commence le monde ? Les Japonais, il y a un siècle, avaient déjà épuisé l'espace disponible pour le *gomi* autour de Tokyo, aussi pondirent-ils un plan pour créer de l'espace à partir du *gomi*. Dès 1969, ils avaient édifié une petite île dans la baie de Tokyo, avec le *gomi*, qu'ils avaient baptisée l'Île de Rêve. Mais la cité continuait de déverser ses neuf mille tonnes d'ordures quotidiennes, si bien qu'ils remirent ça avec la Nouvelle Île de Rêve, et qu'aujourd'hui l'ensemble du processus est coordonné et que de nouveaux *Nippons* sortent des eaux du Pacifique. Rubin voit ça aux informations et ne pipe pas mot.

Il n'a rien à dire sur le *gomi*. C'est son médium, l'air qu'il respire, un truc dans lequel il a nagé toute sa vie. Son croiseur de luxe, c'est une espèce de camion variqueux bricolé à partir d'un antique aéroporteur Mercedes, le toit dissimulé sous les replis d'une vessie de caoutchouc à demi gonflée de gaz naturel. Il croise en quête d'objets correspondant à quelque plan bizarre griffonné à l'intérieur de son front par ce qui peut lui tenir lieu de Muse. Et il ramène chez lui toujours plus de *gomi*. Certaines de ses trouvailles sont encore fonctionnelles. D'autres, comme Lise, humaines.

J'ai fait sa connaissance à l'une des fêtes de Rubin. Rubin organise des tas de fêtes. Il n'a pas l'air de les goûter particulièrement lui-même, mais ce sont néanmoins d'excellentes fêtes. J'avais perdu le compte, cet automne-là, du nombre de fois où je m'étais retrouvé sur une plaque de mousse, réveillé en sursaut par le rugissement de l'antique percolateur de Rubin, un monstre terni surmonté d'un gros aigle chromé, bruit qui résonnait outrageusement sur les parois en tôle ondulée de sa demeure, mais bruit également fort réconfortant : il y avait du café. La vie allait donc continuer.

Première fois que je l'ai vue : dans la zone cuisine. On ne peut pas franchement appeler ça une cuisine : juste trois frigos, une plaque chauffante et un four à convection cassé, venu en prime avec le *gomi*. Première fois que je l'ai vue : elle avait ouvert le frigo spécial bière, et dans la lumière qui s'en déversait, je surpris les pommettes, le pli décidé de cette bouche, mais aussi le reflet noir de la fibre de carbone à son poignet, et la plaie lisse et brillante que le frottement de l'exosquelette y avait laissée. Trop bourré pour avaler le coup, savoir de quoi il retournait, sinon que l'heure de la fête était passée. Alors je fis ce que font en général les gens avec Lise, et me basculai sur un autre film. Me rabattis plutôt vers le vin, posé sur le comptoir à côté du four à convection. En évitant de me retourner.

Mais elle me retrouva. Me courut derrière deux heures plus tard, sinuant entre carcasses et ferrailles avec cette terrible grâce programmée dans l'exosquelette. Je sus de quoi il retournait, à ce moment, tandis que je la voyais fondre sur moi, trop embarrassé désormais pour me planquer, détaler, marmonner quelque vague excuse et me dérober. Cloué là, le bras autour de la taille d'une fille que je ne connaissais pas, tandis que Lise avançait – *m'était avancée,* avec cette grâce moqueuse – à présent droit sur moi, les yeux brillants de wizz, et la fille à mon bras s'était tortillée pour se dégager, panique mondaine contenue, elle avait disparu, et Lise se retrouva devant moi, soutenue dans la gaine fine comme un trait de crayon de son orthèse en fibre de carbone. Vous regardiez dans ses yeux et c'était comme si vous pouviez entendre gémir les synapses, comme un cri invraisemblablement aigu chaque fois que le wizz ouvrait un circuit dans son cerveau.

« Ramenez-moi », dit-elle et les mots me claquèrent comme un fouet. Je crois que je dus faire non de la tête. « Ramenez-moi. » Il y avait là des niveaux de douleur, et de subtilité, et aussi une surprenante cruauté. Et je sus alors que je n'avais jamais, non jamais, été haï aussi profondément, aussi totalement que pouvait me haïr en cet instant cette petite fille mutilée, me haïr pour l'aspect que j'avais ; me haïr avant de regarder ailleurs, à côté du frigo spécial bière de Rubin.

Tant et si bien – si l'on peut dire – que je fis ce genre de truc que vous faites sans jamais comprendre pourquoi, même si quelque chose en vous sait que vous ne pouviez pas faire autrement.

Je la ramenai chez moi.

J'ai un deux-pièces dans un vieil ensemble au coin de la Quatrième et de McDonald's, au dixième. Les ascenseurs marchent, en général, et si on s'assoit sur la balustrade du balcon et qu'on se penche en arrière, en ayant soin de se retenir au coin du batiment voisin, on peut apercevoir une petite fente verticale de mer et de montagne.

Elle n'avait pas ouvert la bouche de tout le trajet depuis chez Rubin, et j'avais suffisamment dessoûlé pour me sentir très mal à l'aise en déverrouillant la porte pour la laisser entrer.

La première chose qu'elle vit fut le balayeur portable que j'avais ramené du Pilote la veille. L'exosquelette lui fit traverser le séjour poussiéreux de cette même démarche, comme un mannequin sur une piste. Loin du bruit de la partie, je pouvais l'entendre cliqueter doucement. Elle s'immobilisa, contempla le balayeur rapide. Dans cette position, je pouvais voir les côtes de son appareil, les discerner en travers du dos, à travers le cuir noir éraflé de son blouson. Encore une de ces fameuses maladies. Soit l'une de ces anciennes qu'on n'était pas encore tout à fait parvenu à cerner, soit l'une des nouvelles – de celles trop manifestement dues à l'environnement – que l'on avait tout juste baptisées. Elle était incapable de bouger, sinon avec ce squelette extérieur qui était directement raccordé au cerveau, par interface myoélectrique. Les bagues en fibre de carbone si fragiles d'aspect mouvaient ses bras et ses jambes, mais c'était un système bien plus subtil qui manipulait ses mains fines : des implants galvaniques. L'image me vint de pattes de grenouilles tressautant sur une paillasse de travaux dirigés de sciences naturelles, puis je me reprochai d'avoir eu cette association d'idées.

« Mais c'est un module de balayage rapide », dit-elle d'une voix que je n'avais pas encore entendue, distante, ce qui me suggéra que l'effet du wizz commençait peut-être à se dissiper. « Qu'est-ce qu'il fout ici ?

– Je fais du montage, dis-je en refermant la porte derrière moi.

– Allons bon, v'là autre chose. » Et elle rit. « Toi ? Où ça ?

– Sur l'Île. Une boîte appelée Le Pilote Autonomique. »

Elle se retourna ; puis, la main posée sur la hanche projetée en avant, elle se balança – il la balança – et le wizz et la haine et quelque terrible parodie de désir vinrent me clouer, jaillis de ces yeux gris délavés. « Ça te dit, le monteur ? »

Et je sentis le fouet de nouveau, mais je n'allais pas me laisser avoir, pas deux fois. Alors je lui lançai un regard glacial, de quelque part au tréfonds noyé de bière de mon corps vivant, ambulant, parlant et parfaitement ordinaire et ma repartie jaillit de moi comme un crachat : « Et tu sentirais quelque chose, si c'était oui ? »

Un silence. Elle cligna peut-être les yeux, mais son visage n'en trahit rien. « Non, mais des fois, j'aime bien regarder. »

Deux jours après sa mort à Los Angeles, Rubin, devant la fenêtre, regarde la neige tomber dans la False. « Alors, comme ça, t'as jamais couché avec elle ? »

Un de ses rouliboulis, ces petits lézards d'Escher montés sur roulements à billes, traverse la table à toute vitesse, enroulé sur lui-même.

« Non », dis-je. Et c'est vrai. Puis je ris. « Mais on s'est branchés direct. Dès cette première nuit.

– T'étais cinglé », fait-il non sans une certaine approbation dans la voix. « Ça aurait pu te tuer. Ton cœur aurait pu s'arrêter, t'aurais pu cesser de respirer... » Il se retourne vers la fenêtre. « Elle t'a rappelé, depuis ? »

On s'était branchés, direct.

Je ne l'avais encore jamais fait. Si on m'avait demandé pourquoi, j'aurais répondu que j'étais monteur de profession et que ce n'était pas professionnel.

La vérité devait plus ou moins ressembler à ceci :

Dans le métier, le métier légal – je n'ai jamais donné dans le porno –, on appelle la matière première des rêves secs. Les rêves secs sont la sortie neurale issue de niveaux de conscience auxquels la plupart des gens ne peuvent accéder que durant leur sommeil. Mais les artistes, du genre de ceux avec qui je travaille au Pilote Autonomique, les artistes sont capables de rompre la tension de surface, de plonger en profondeur, de plonger pour émerger dans la mer de Jung afin d'en ramener... eh bien, des rêves. Restons simples : je suppose que certains artistes l'ont toujours fait, quel que soit leur mode d'expression, mais la neuroélectronique nous permet d'accéder à leur expérience, et le réseau diffuse le tout sur le câble, ce qui nous permet de l'emballer, de le vendre, de voir comment réagit le marché. Bon, bref, plus ça change... C'est un truc qu'aimait bien dire mon père.

D'ordinaire, j'obtiens la matière première en studio, filtrée à travers plusieurs millions de dollars de filtres et de déflecteurs, et je n'ai même pas besoin de voir l'artiste. Le matos qu'on balance au consommateur, voyez-vous, a été structuré, équilibré, transmué en art. Il y a encore des gens assez naïfs pour croire qu'ils s'éclateront vraiment en se branchant direct avec quelqu'un qu'ils aiment. Je pense que la plupart des ados tentent le coup, une fois. Sans doute, ça n'a rien de compliqué à réaliser ; on vous vendra chez Tandy le boîtier, les trodes et les câbles. Mais moi, je ne l'avais jamais fait. Et maintenant que j'y repense, je ne suis pas sûr de pouvoir expliquer pourquoi. Ni même d'avoir envie d'essayer.

Je sais en tout cas pourquoi je l'ai fait avec Lise, pourquoi je m'assis près d'elle sur mon divan mexicain et connectai la fibre optique à la broche sur l'échine, la lisse crête dorsale de l'exosquelette. Tout en haut, à la base du cou, dissimulée par ses cheveux bruns.

Parce qu'elle prétendait être une artiste et parce que je savais que nous étions engagés, quelque part, dans un combat total, un combat qu'il n'était pas question que je perde. Cela peut n'avoir aucun sens pour vous, seulement vous ne la connaissiez pas ou vous ne la connaissiez que par *Kings of Sleep,* ce qui n'est pas du tout la même chose. Vous n'avez jamais ressenti cette faim qu'elle avait, réduite à un strict besoin hideux dans son unité d'intention. Les gens qui savent *exactement* ce qu'ils veulent m'ont toujours terrifié, et Lise depuis longtemps savait ce qu'elle voulait, ça et rien d'autre. Et j'ai eu peur alors d'admettre que j'avais peur, et puis j'avais vu suffisamment de rêves d'étrangers, dans la salle de mixage du Pilote Autonomique, pour savoir que les monstres intérieurs de la plupart des gens sont des choses stupides, qui paraissent ridicules sous la calme lumière de sa propre conscience. En plus, j'étais encore soûl.

Je branchai les trodes et tendis la main vers la touche du balayeur rapide. J'avais coupé ses fonctions de studio pour convertir de manière temporaire quatre-vingt mille dollars d'électronique japonaise en l'équivalent d'un de ces boîtiers de chez Tandy. « C'est parti », dis-je en effleurant la touche.

Les mots. Les mots ne peuvent pas. Ou, peut-être, tout juste, à peine, si seulement je savais par où commencer à le décrire, ce qui émanait d'elle, ce qu'elle faisait…

Il y a un passage dans *Kings of Sleep* ; vous avez l'impression d'être sur une moto en pleine nuit, tous feux éteints mais finalement peu vous importe, et vous foncez sur une route de corniche au bord de la mer, si vite que vous êtes comme en suspens dans un cône de silence, le tonnerre de la machine se perdant derrière vous. Comme tout le reste… Ça ne dure qu'un instant, sur *Kings,* mais c'est l'un des mille fragments qui vous restent, auxquels vous revenez, que vous intégrez à votre propre vocabulaire de sensations. Surprenant. La liberté et la mort, là, précisément, là, sur le fil, à jamais.

Ce que je reçus, c'était la version grand format de cette séquence, un déferlement brut, la mégavraie matière première brute de décoffrage, qui vous explosait à tout va au beau milieu d'un vide puant la pauvreté, l'absence d'amour et les ténèbres.

Et c'était ça, l'ambition de Lise, ce déferlement, *vu de l'intérieur.*

Cela prit sans doute quatre secondes en tout et pour tout.

Et, bien entendu, elle avait gagné.

Je retirai les électrodes et fixai le mur, les yeux humides ; les posters encadrés nageaient.

J'étais incapable de la regarder. Je l'entendis débrancher le câble à fibre optique. J'entendis craquer l'exosquelette lorsqu'il la souleva du divan. L'entendis cliqueter timidement tandis qu'il la traînait dans la cuisine boire un verre d'eau.

Puis je me suis mis à pleurer.

Rubin insère une mince sonde dans le ventre en roulement à billes d'un roulibouli amorphe et inspecte ses circuits à l'aide de binoculaires munies de projecteurs miniatures montés sur les tempes.

« Et après ? T'es devenu accro ? » Il hausse les épaules, lève les yeux. Il fait sombre à présent et les rayons tenseurs jumeaux viennent me clouer le visage, dans le froid humide de sa grange d'acier, tandis que résonne, solitaire, la plainte d'une corne de brume, quelque part sur l'eau. « Et après ? »

À mon tour de hausser les épaules. « Je l'ai fait, c'est tout… Il ne semblait pas y avoir autre chose à faire. »

Les faisceaux lumineux reviennent au cœur de silicium de son jouet en panne. « Alors, t'es O.K. C'était le bon choix. Ce que je veux dire, c'est qu'elle était faite pour être ce qu'elle est. T'étais à peu près aussi responsable de sa situation d'aujourd'hui que l'était ce module de balayage rapide. Si elle t'avait pas eu sous la main, elle aurait trouvé quelqu'un d'autre… »

Je passai un marché avec Barry, le responsable de la production, obtins vingt minutes à cinq heures par un froid matin de septembre. Lise vint m'assener le même choc, mais cette fois j'étais paré, avec mes filtres et mes cartes cérébrales, et je n'avais pas besoin de le ressentir personnellement. Cela me prit deux semaines, à tout redécouper dans la salle de montage, pour réduire ce qu'elle avait fait à un truc que je puisse repasser à Max Bell, le propriétaire du Pilote.

Bell n'avait pas été ravi, mais alors pas du tout, quand je lui avais expliqué ce que j'avais fait. Les monteurs non conformistes peuvent être un souci et, au bout du compte, la plupart d'entre eux, une fois qu'ils ont décidé qu'ils ont mis la main sur le bon client, le prochain monstre, se mettent à gâcher du temps et de l'argent. Bell avait hoché la tête quand j'eus fini ma tirade, puis il se gratta le nez avec le bouchon de son feutre rouge. « Hum, hum ! Pigé. Le truc le plus renversant depuis que les poissons ont des jambes, c'est ça ? »

Mais il l'avait passée, la maquette du programme que j'avais montée, et quand sa console Braun l'avait recrachée avec un déclic, il fixait le mur, le visage inexpressif.

« Max ?

– Hein ?

– Qu'est-ce que t'en penses ?

– Ce que j'en pense ? Je… C'est comment, son nom, déjà ? » Il cligna les yeux. « Lisa ? Elle a signé chez qui, as-tu dit ?

– Lise. Chez personne, Max. Elle n'a encore signé chez personne.

– Bon Dieu. » Il avait toujours le regard vide.

« Tu sais comment je l'ai trouvée ? » demande Rubin, pataugeant parmi les cartons déchirés pour retrouver le bouton de la lumière. Les caisses sont remplies de *gomi* soigneusement trié : piles au lithium, condensateurs au tantale, connecteurs radiofréquences, plaquettes d'essai, barrettes de connexion, transformateurs toriques, bobines de fil pour barres bus… Une boîte est remplie de têtes décapitées de centaines de poupées Barbie, une autre de gants de sécurité renforcés pour l'industrie mais qui semblent provenir de scaphandres spatiaux. La lumière inonde la pièce et une espèce de mante à la Kandinsky, en fer-blanc découpé et peint, tourne sa tête en balle de golf vers l'ampoule brillante. « J'étais descendu à Granville chercher du *gomi*, au fond d'une ruelle, et voilà que je la trouve assise là. J'avais repéré le squelette, et comme elle n'avait pas l'air si bien que ça, je lui ai demandé si ça allait. Elle a juste fermé les yeux. Pas mon problème, que je me dis. Mais il se trouve que je repasse au même endroit quatre heures plus tard et elle n'avait toujours pas bougé. "Écoute, mon chou, que je lui dis, peut-être que c'est ton bidule qui déconne. Je peux t'aider, d'ac' ?" Toujours rien. "Ça fait longtemps que t'es plantée là ?" Rien. Alors je décolle. » Il repart vers son établi et caresse d'un index pâle les fines pattes métalliques de son espèce de mante. Derrière la paillasse, accrochés à d'antiques panneaux de tableau perforé boursouflés d'humidité, il y a des pinces, des tournevis, des outils à wrapper, un chalumeau rouillé, des pinces à dénuder, des tenailles, des pinces à gaufrer, des sondes logiques, des pistolets à souder, un oscilloscope de poche, apparemment tous les outils possibles de l'histoire humaine, sans le moindre effort de classement, bien que je n'aie encore jamais vu la main de Rubin hésiter.

« Et donc j'y suis retourné, poursuit-il. Je lui avais accordé une heure. Elle était HS, inconsciente, alors je l'ai ramenée ici et j'ai contrôlé son exosquelette. Les batteries étaient mortes. Elle avait rampé jusque là-bas quand elle était tombée en panne de jus, et s'était résolue à y mourir de faim, je suppose.

– Et ça remonte à quand ?

– À peu près une semaine avant que tu la ramènes chez toi.

– Mais si elle était morte ? Si tu ne l'avais pas trouvée ?

– Quelqu'un serait tombé sur elle. Elle ne pouvait pas *demander* quoi que ce soit, tu piges ? Juste *prendre*. Incapable de supporter une faveur. »

Max lui trouva des agents, et un trio d'associés terriblement gommeux se ramenèrent en Lear-jet à Vancouver dès le lendemain. Lise refusa de descendre au Pilote les rencontrer, exigea qu'on les amène chez Rubin, où elle dormait encore.

« Bienvenue à Couverville », lança Rubin comme ils se glissaient par la porte. Son visage allongé était maculé de graisse, avec son pantalon de bleu tout usé plus ou moins retenu par une attache-trombone tordue. Les garçons sourirent machinalement, mais il y avait à la limite quelque chose de plus authentique dans le sourire de la fille qui les accompagnait. « Monsieur Stark, fit-elle, j'étais à Londres la semaine dernière. J'ai vu votre installation à la Tate.

– *L'Usine à piles de Marcello,* dit Rubin. Disent que c'est scatologique, les Rosbifs... (Il haussa les épaules.) Les Rosbifs. Je veux dire, qui sait ?

– Ils ont raison. C'est aussi très marrant. »

Les garçons étaient aussi rayonnants que des lumignons bronzés au carotène, plantés là dans leur beau costume. Ma maquette avait atteint Los Angeles. Ils étaient au courant.

« Et vous êtes Lise », poursuivit-elle en négociant le passage entre les morceaux de *gomi* amassés par Rubin. « Vous n'allez pas tarder à devenir très célèbre, Lise. Nous avons quantité de choses à discuter... »

Et Lise resta là sans bouger, dans son corset de fibre de carbone, et l'expression de son visage était la même que celle que j'avais vue ce premier soir, dans mon appartement, quand elle m'avait demandé si je voulais aller au lit. Mais si l'attachée de presse le remarqua, elle n'en montra rien. C'était une pro.

Je me dis que j'étais un pro, moi aussi.

Je me dis de me relaxer.

Les feux d'ordures crépitent dans les braseros de tôle autour du Marché. La neige tombe toujours et les gosses se serrent autour des flammes comme des corbeaux arthritiques, sautant d'un pied sur l'autre, leur manteau noir fouetté par le vent. Tout là-haut, dans les taudis bohèmes de Fairview, le linge de quelqu'un a gelé sur sa corde, carrés roses de draps de lit raidis barrant l'arrière-plan encombré de coupoles, d'antennes-satellites et de panneaux solaires. L'éolienne en batteur d'un quelconque écolo tourne et tourne, obstinément, adressant un bras d'honneur rotatif et continu aux tarifs des compagnies hydro-électriques.

Chaussé de bottes L.L. Bean pleines de taches de peinture, Rubin avance d'un pas lourd, sa grosse tête bien enfoncée dans la veste d'un bleu de travail trop grand. Parfois, l'un ou l'autre des gamins voûtés le montre du doigt au passage, le gars qui fabrique tous ces trucs dingues, les robots et tout le bordel.

« Tu sais quel est ton problème ? » me dit-il quand nous sommes sous le pont, en direction de la Quatrième Rue. « T'es le genre de mec qui *lit toujours la notice*. Tout ce que les gens fabriquent, n'importe quelle technologie, ça doit avoir un emploi précis. C'est pour faire quelque chose que quelqu'un comprend déjà. Seulement, s'il s'agit d'une technologie nouvelle, ça ouvre des perspectives auxquelles personne encore n'a songé. Tu lis la notice, mec, et tu ne vas pas bricoler avec, pas de la même manière. Et tu te trouves l'air tout con quand quelqu'un d'autre s'en sert pour faire un truc auquel t'aurais jamais songé. Comme Lise.

– Elle n'était pas la première. » La circulation gronde au-dessus de nos têtes.

« Non, mais elle est fichtre bien la première que t'aies jamais rencontrée qui soit allée se transcrire en programme câblé. Est-ce que t'en as perdu le sommeil quand machin-truc a fait la même chose, il y a trois-quatre ans, tu sais, l'autre, le Français, l'écrivain… ?

– Je n'y ai pas franchement réfléchi, à vrai dire. Un gadget. Un coup de pub…

– Il écrit toujours. Le plus bizarre, c'est qu'il va continuer d'écrire, jusqu'à ce que quelqu'un lui court-jute l'unité centrale… »

Je fais la grimace, hoche la tête. « Mais ce n'est pas vraiment lui, n'est-ce pas ? C'est juste un programme.

– Point intéressant. Difficile à dire. Avec Lise, en tout cas, on a trouvé : ce n'est pas un écrivain. »

Elle l'avait en version intégrale, *Kings*, cadenassé au fond du crâne, comme son corps était cadenassé dans cet exosquelette.

Les agents la firent signer sur un label, puis firent venir du Japon une équipe de production. Elle leur dit qu'elle me voulait pour le montage. Je dis non ; Max me traîna dans son bureau et menaça de me virer sur-le-champ. Si je n'étais pas sur le coup, je n'avais plus aucune raison de faire le travail de studio au Pilote. Vancouver n'était sûrement pas le centre du monde et les agents voulaient la ramener à Los Angeles. Ça signifiait pour lui un paquet de fric, et la chance d'asseoir la réputation du Pilote Autonomique. J'étais incapable de lui expliquer pourquoi j'avais refusé. C'était trop dingue, trop personnel ; elle jouait sa dernière carte. Ou, du moins, c'est ce que je pensais alors. Mais Max était sérieux. Il ne me laissa pas vraiment le choix. Nous savions l'un comme l'autre qu'un autre boulot n'allait pas me tomber dans les mains de sitôt. Je ressortis avec lui et dis aux agents qu'on s'était mis d'accord : je marchais avec eux.

Les agents nous sourirent de toutes leurs dents.

Lise sortit un inhalateur bourré de wizz et s'en aspira une bonne dose. Je crus voir la femme hausser un sourcil parfaitement dessiné, mais sa réprobation s'arrêta là. Une fois les papiers signés, Lise pouvait plus ou moins faire ce qu'elle voulait.

Et Lise savait toujours ce qu'elle voulait.

Kings fut achevé en trois semaines, pour les enregistrements de base. Je me trouvai toutes sortes de raisons pour éviter d'aller chez Rubin, certaines même auxquelles je croyais. Elle était toujours installée là-haut, bien que les agents ne fussent pas outre mesure ravis de ce qu'ils jugeaient être un manque total de sécurité. Rubin m'avoua plus tard qu'il avait dû demander à son propre agent de les appeler et de faire du raffut, mais par la suite ils avaient paru cesser de se tracasser. J'avais ignoré que Rubin avait un agent. Il était toujours facile d'oublier que Rubin Stark était plus célèbre, à l'époque, que quiconque parmi mes connaissances, plus célèbre certainement que Lise ne semblait jamais devoir devenir. Je savais certes que nous bossions sur quelque chose de fort, mais on n'est jamais capable de dire à quel point.

En tout cas, tout le temps que j'ai passé au Pilote, j'étais vraiment dedans. Lise était étonnante.

C'était comme si elle était née pour ça, alors même que la technologie qui rendait la chose possible n'existait pas encore à sa naissance. Vous voyez un truc comme ça et vous vous demandez au cours des siècles combien de milliers, voire de millions, d'artistes phénoménaux sont morts en restant muets, des gens qui n'ont jamais pu être peintres, poètes ou joueurs de sax, mais qui avaient ce don en eux, ces formes d'ondes psychiques n'attendant que le circuit idoine pour s'y déverser…

Incidemment, j'appris deux ou trois choses d'elle, au cours de nos séances en studio. Qu'elle était née à Windsor. Que son père était américain, qu'il avait servi au Pérou et qu'il en était revenu fou et à moitié aveugle. Que son handicap, quel qu'il soit, était congénital. Qu'elle avait ces plaies parce qu'elle refusait de retirer l'exosquelette, même un instant, sinon elle se mettrait à suffoquer et mourrait à la seule idée de cette totale impuissance. Qu'elle était accrochée au wizz et s'en envoyait quotidiennement de quoi défoncer toute une équipe de foot.

Ses agents firent venir des toubibs qui mirent des rembourrages en mousse sur les tubes de carbone et lui fermèrent les plaies avec des pansements micropores. Ils la bourrèrent de vitamines, essayèrent de modifier son régime, mais jamais personne ne s'avisa de lui confisquer son inhalateur.

Ils firent venir aussi des coiffeurs et des maquilleuses, des habilleuses, des conseils en image, et des attachés de presse, gentils petits hamsters articulés, et elle endura le tout avec ce qui aurait presque pu passer pour un sourire.

Et durant toutes ces trois semaines, on ne parla pas. En dehors de la conversation de studio, du dialogue artiste-réalisateur, un code des plus limités. Son imagerie était si forte, si extrême, qu'elle n'avait jamais réellement besoin de m'expliquer un effet donné. Je prenais ce qu'elle sortait, travaillais dessus et le lui renvoyais. Elle disait soit oui, soit non, et en général c'était oui. Les agents le remarquèrent avec approbation ; ils claquèrent Max Bell dans le dos, l'invitèrent à dîner et mon salaire grimpa.

Et je bossai en pro, de bout en bout. Prévenant, consciencieux, poli. J'étais décidé à ne pas craquer de nouveau et ne repensai jamais à la nuit où j'avais pleuré ; j'accomplissais en outre le meilleur boulot que j'eusse jamais réalisé, j'en étais parfaitement conscient, et en soi, c'est déjà le pied.

Et puis, un beau matin, vers les six heures, après une longue, longue séance – celle où elle m'avait pour la première fois sorti cette inquiétante séquence de quadrille, celle que les fans ont baptisée la Danse du Spectre –, elle me parla. Un des deux agents masculins avait été présent durant la séance, toutes dents dehors, mais il était reparti maintenant et Le Pilote était d'un calme de mort, à part le bourdonnement d'un ventilateur quelque part du côté du bureau de Max.

« Casey, fit-elle, la voix rendue rauque par le wizz, désolée de t'avoir fait subir un tel choc. »

Je crus d'abord qu'elle voulait parler de l'enregistrement qu'on venait de mettre en boîte. Je levai la tête et, la voyant là, je découvris avec un sursaut que nous étions seuls, et que ce n'était plus arrivé depuis que nous avions réalisé la maquette.

Je ne savais absolument pas quoi dire. Ne savais même pas ce que je ressentais.

Soutenue par le tuteur de son exosquelette, elle semblait être en pire état que cette toute première nuit, chez Rubin. Le wizz était en train de la bouffer, sous le masque que l'équipe de maquillage ne cessait de peaufiner, et parfois c'était comme de voir une tête de mort faire surface sous les traits d'une adolescente pas très jolie. Je n'avais pas la moindre idée de son âge exact. Ni vieille ni jeune.

« L'effet de seuil, dis-je en enroulant un câble.

– C'est quoi, ça ?

– La façon qu'a la nature de t'avertir de faire le ménage. Plus ou moins une loi mathématique, qui dit qu'on ne peut se défoncer avec un stimulant qu'un nombre *x* de fois, même si l'on accroît les doses. Mais de toute façon, tu ne pourras *jamais* t'éclater aussi bien que les toutes premières fois. Ou, en tout cas, vaut mieux pas. C'est le problème avec les drogues de synthèse ; elles sont trop subtiles. Ce truc que tu t'envoies possède une molécule dotée d'une queue vicieuse qui t'empêche de transformer l'adrénaline, une fois décomposée, en adénochrome. Si elle ne le faisait pas, tu serais déjà schizophrène. Jamais eu de petits problèmes, Lise ? Comme de l'apnée ? Ça ne t'arriverait pas des fois de cesser de respirer quand tu t'endors ? »

Mais je n'étais même pas certain de ressentir la colère que je décelais dans ma voix.

Elle me fixa de ses pâles yeux gris. Les habilleuses avaient remplacé sa veste achetée au décrochez-moi-ça par un blouson de cuir noir mat plus approprié pour dissimuler les côtes en fibres de carbone. Elle le gardait, la fermeture à glissière montée jusqu'au cou, en permanence, même quand il faisait trop chaud dans le studio. Les coiffeuses avaient essayé quelque chose de nouveau la veille, et ça n'avait pas marché, ses cheveux bruns et raides explosaient de guingois au-dessus de ce visage triangulaire aux traits tirés. Elle me fixa et je la sentis de nouveau, cette unité d'intention.

« Je ne dors pas, Casey. »

Ce ne fut que plus tard, bien plus tard, que je me souvins qu'elle m'avait dit être désolée. Ça ne se reproduisit pas et ce devait être l'unique fois où je l'entendis dire une chose qui semblait ne pas coller avec son personnage.

Le menu de Rubin se compose de sandwiches de distributeurs automatiques et de cafés express. Je ne l'ai jamais vu manger autre chose. Nous mangeons des samosas dans une boutique étroite de la Quatrième Rue avec une unique table en plastique coincée entre le comptoir et la porte du boui-boui. Rubin engloutit sa douzaine de samosas, six à la viande, six aux légumes, avec une concentration totale, l'un après l'autre, sans même se soucier de s'essuyer le menton. Il voue un véritable culte à cet endroit. Il méprise le serveur grec ; ce sentiment est réciproque, une vraie relation. Si jamais le serveur s'en va, il se pourrait bien que Rubin ne remette pas les pieds dans la boîte. Le Grec lorgne d'un sale œil les miettes tombées sur le menton et la veste de Rubin. Entre deux samosas, il lui rend la pareille, le fusillant du regard de ses petits yeux plissés derrière les verres maculés de ses lunettes à monture d'acier.

Les samosas composent le dîner. Au petit déjeuner, ce sera un sandwich salade-œufs mimosa sur du pain bien blanc, enveloppé dans ces triangles d'emballage plastique laiteux, avec six petites tasses d'espresso serré comme du poison pour faire passer.

« Tu l'as pas vu venir, Casey. » Il me reluque derrière les profondeurs de ses verres maculés de taches de doigts. « Pasque tu sais pas pratiquer la pensée latérale. Tu colles au manuel. Après quoi encore croyais-tu qu'elle courait ? Le sexe ? Du rab de wizz ? Une tournée mondiale ? Elle était au-delà de tout ça. C'est ce qui la rendait si forte. Elle était au-delà. Et c'est pour cette raison que *Kings of Sleep* fait un malheur, pour cette raison que les *kids* l'achètent, pour cette raison qu'ils *y croient*. Ils savent. Ces gamins, là-bas, au fond du Marché, qui se chauffent le cul autour des braseros en se demandant où ils trouveront à dormir le soir, ils y croient. C'est le programme le plus fantastique de ces huit dernières années. Le mec d'une boutique de Granville m'a dit qu'il en part plus que de tous les autres réunis. Y dit que c'est la merde rien que pour en avoir en stock… Elle fait un malheur parce qu'elle était ce qu'ils sont, en plus fort, c'est tout. Elle savait, mec. Pas de rêves, pas d'espoir. Tu ne vois pas les cages autour de ces gosses, Casey, mais eux, de plus en plus ils commencent à piger qu'ils n'aboutiront-jamais-nulle-part. » Il ôte de son menton une miette grasse, en oubliant trois autres. « Alors elle leur a chanté, leur a dit ce qu'ils ne pouvaient pas dire, leur a dépeint un tableau. Et l'argent lui a servi à se payer une sortie, c'est tout. »

Je regarde la vapeur perler et rouler sur la vitrine à grosses gouttes, filets de condensation. Derrière la vitre, je parviens à distinguer une Lada à moitié cannibalisée, les roues envolées, les essieux reposant directement sur la chaussée.

« Combien de gens l'ont fait, Rubin ? T'as une idée ?

– Pas tant que ça. Difficile à dire, de toute manière, parce qu'une bonne partie sont des politiciens que nous croyons être bien confortablement et sûrement décédés. » Il me regarde avec un drôle d'air. « Pas une perspective agréable. Quoi qu'il en soit, ils étaient les mieux placés pour profiter de la technologie. Ça coûte quand même encore trop cher pour le tout-venant des milliardaires, mais je sais qu'il y en a au moins vingt-sept. On dit que Mitsubishi l'avait fait subir à Weinberg avant que son système immunitaire finisse par perdre les pédales. Il était à la tête de leur laboratoire d'hybridomes dans l'Oklahoma. Bon, ils ont encore de sacrées réserves d'anticorps monoclonaux, alors peut-être que c'est vrai. Et puis Langlais, le petit Français, le romancier... » Il hausse les épaules. « Lise n'avait pas l'argent pour se le payer. Elle ne l'aurait toujours pas non plus, d'ailleurs. Mais elle a su se placer au bon endroit au bon moment. Elle était sur le point de claquer, elle était à Hollywood, et ils pouvaient déjà deviner ce que *Kings* allait donner. »

Le jour où nous avons terminé, le groupe débarqua d'une navette de la JAL en provenance de Londres, quatre *kids* décharnés qui opéraient comme une machine bien huilée et affichaient un sens de la mode hypertrophié assorti d'un total manque de vergogne. Une fois rendus au Pilote, je les installai en rang, sur des chaises de bureau blanches Ikea identiques, étalai sur leurs tempes de l'électrogel, leur collai les trodes, puis fis passer la version non mixée de ce qui allait devenir *Kings of Sleep.* Quand ils en sortirent, ils se mirent à parler tous à la fois, m'ignorant totalement, dans la version britannique de ce langage secret que parlent tous les musiciens de studio, quatre paires de mains pâles qui s'agitaient, zoomaient et découpaient l'air.

Je pus en saisir assez pour déduire qu'ils étaient impressionnés, qu'ils trouvaient ça bon. Alors j'ai pris ma veste et je me suis tiré. Ils pouvaient bien s'essuyer leur gel tout seul, merci.

Et cette nuit-là, je vis Lise pour la dernière fois, même si je ne l'avais pas prévu.

Retour à pied vers le Marché, Rubin digère bruyamment son repas, reflet des feux rouges sur les pavés humides, la cité derrière le Marché est une impeccable sculpture de lumière, un mensonge, où les brisés, les paumés fouinent dans le *gomi* qui pousse comme humus au pied des tours de verre...

« Faut que j'aille à Francfort demain, monter une installation. Tu veux venir ? Je pourrais te faire passer pour un technicien. » D'un coup d'épaule, il s'enfonce encore plus dans le haut de sa combinaison. « Pourrai pas te payer, mais tu peux voyager gratis, si tu veux... »

Drôle d'offre, venant de Rubin, et je sais que c'est parce qu'il se fait du souci pour moi, me croit trop allumé par Lise, alors c'est la seule échappatoire qu'il a pu imaginer, le dépaysement.

« Il fait plus froid qu'ici à Francfort, en cette saison.

– T'as peut-être besoin de changer d'air, Casey. Je sais pas...

– Merci, mais Max a plein de boulot au programme. Le Pilote est devenu un gros truc, à présent, les gens débarquent de tous les coins du pays...

– Sûr. »

Je laissai le groupe au Pilote pour retourner à la maison, remontai la Quatrième et rentrai en trolley, longeant les vitrines des boutiques que je voyais tous les jours, avec leur éclairage tapageur, lisses étalages de vêtements, de chaussures, de logiciels, de motos japonaises tapies comme des scorpions impeccablement émaillés, de meubles italiens. Les vitrines changent avec les saisons, les boutiques apparaissent et disparaissent. Nous étions à présent en période préestivale, il y avait plus de monde dans les rues, quantité de couples qui passaient d'un pas vif et décidé devant les vitrines brillantes, partis pour assortir ce parfait petit je-ne-sais-quoi avec je-ne-sais-qui, la moitié des filles vêtues de ces cuissardes en nylon matelassé venues de New York l'hiver d'avant, de ce modèle qui faisait dire à Rubin qu'elles souffraient d'éléphantiasis. Cette pensée me fit sourire et soudain je réalisai avec un choc que c'était bel et bien fini, que c'en était bel et bien terminé avec Lise et que désormais Hollywood allait l'aspirer aussi inexorablement que si elle avait fourré son pied dans un trou noir, attirée par l'impensable attraction gravitationnelle de la Grosse Galette. Persuadé de cela, qu'elle était partie – qu'elle l'était même sans aucun doute à présent –, je baissai en quelque sorte ma garde mentale, ressentant les franges de ma pitié. Mais juste les franges, parce que je n'avais pas envie de voir gâcher ma soirée. Je voulais m'éclater. Ça faisait un bout de temps.

Je descendis à mon coin de rue et ce coup-ci l'ascenseur marcha du premier coup. Bon signe, me dis-je. En haut, je me dévêtis, pris une douche, dénichai une chemise propre, passai des burritos au micro-ondes. Prends l'air normal, conseillai-je à mon reflet en me rasant. T'as bossé trop dur. Tes cartes de crédit ont pris de l'épaisseur. Y serait temps de remédier à ça.

Les burritos avaient un goût cartonneux, mais je décidai qu'ils étaient bons tant ils étaient outrageusement normaux. Ma voiture était à Burnaby, pour reconditionnement de ses piles à combustible qui fuyaient, donc je n'avais pas à me tracasser de prendre le volant. Je pouvais sortir, aller m'éclater et téléphoner demain pour me faire porter pâle. Max n'allait pas me virer ; j'étais sa vedette. Je lui appartenais.

Je t'appartiens, Max, dis-je à la bouteille glacée de Moskovskaïa que j'étais allé pêcher dans le freezer. Un peu, tiens. Je viens juste de passer trois semaines à mixer les rêves et les cauchemars d'une personne particulièrement tordue, Max. Pour ton compte. Pour que tu puisses t'engraisser et prospérer, Max. Je me versai trois doigts de vodka dans un verre en plastique, reliquat d'une fête que j'avais organisée l'an passé, et retournai dans le séjour.

Par moments, j'ai l'impression que personne de précis n'habite ici. Non que ce soit le foutoir ; je suis un parfait homme d'intérieur, quoique un tantinet robotique, et je songe même à épousseter le dessus des cadres et des objets, mais j'ai des périodes où l'appartement me procure une espèce de frisson de bas étage, avec sa fondamentale accumulation de biens de consommation fondamentaux. Je veux dire, ce n'est pas comme si j'avais voulu l'encombrer de chats, de plantes vertes ou de Dieu sait quoi, mais il y a des moments où je constate que n'importe qui pourrait vivre ici, pourrait posséder ces objets, et tout cela me paraît en quelque sorte interchangeable, ma vie et la vôtre, ma vie et celle de n'importe qui…

Je crois que Rubin voit les choses de la même manière, lui aussi, tout le temps, mais pour lui, c'est une source d'énergie. Il vit parmi les ordures des autres, et tout ce qu'il ramène chez lui doit avoir été flambant neuf jadis, doit avoir véhiculé un sens quelconque, si bref cela fût-il, pour quelqu'un. Alors il entasse le tout dans son incroyable camion et le trimballe chez lui pour l'y laisser fermenter jusqu'au jour où il lui imagine un nouvel usage. Une fois, il m'a montré un bouquin qu'il aimait bien sur l'art du XXe siècle, et il y avait une photo d'une sculpture animée intitulée *Des oiseaux morts reprennent leur vol,* un truc qui faisait tournoyer de véritables cadavres d'oiseaux au bout d'une ficelle et ça le faisait sourire et hocher la tête, et je voyais bien qu'il considérait quelque part cet artiste comme un ancêtre spirituel. Mais que pourrait faire Rubin de mes posters encadrés, de mon divan mexicain de la Baie et de mon lit en mousse de chez Ikea ? Eh bien, me dis-je en buvant une première gorgée glacée, il serait bien capable de trouver quelque chose, raison pour laquelle il était un artiste célèbre et pas moi.

J'allai presser mon front contre la glace de la baie vitrée, aussi froide que le verre dans ma main. Temps de partir, me dis-je. Toi, tu es en train d'afficher les symptômes d'angoisse du célibataire urbain. Ça se soigne. Bois un coup. Sors.

Cette nuit-là, je n'atteignis pas le stade de la fête. Je ne montrai pas non plus le bon sens adulte qui m'aurait fait renoncer, rentrer à la maison me voir un vieux film quelconque avant de m'assoupir sur le divan. La tension accumulée au cours de ces trois dernières semaines m'actionnait comme un ressort de montre et je partis parcourir mécaniquement les rues nocturnes, lubrifiant ma progression plus ou moins aléatoire de nouveaux verres d'alcool. C'était une de ces nuits, eus-je tôt fait de décider, où l'on bascule dans un continuum alternatif, une ville qui ressemble trait pour trait à celle où vous vivez, hormis la bizarre différence qu'elle ne contient pas un seul être que vous aimiez, connaissiez ou à qui vous ayez simplement adressé la parole. Des nuits comme celles-ci, vous pouvez très bien entrer dans un bar familier et découvrir que tout le personnel vient d'être remplacé ; vous comprenez alors que votre motif réel pour y pénétrer était simplement de croiser un visage connu, celui d'une serveuse, d'un barman, n'importe qui… Ce genre de phénomène est connu pour être un antidote au goût de la fête.

Je continuai malgré tout à me traîner dans sept ou huit bars pour finalement échouer dans un club de West End qui donnait l'impression de n'avoir pas été redécoré depuis les années quatre-vingt-dix. Des tonnes de chrome écaillé plaqué sur du plastique, des hologrammes flous qui vous flanquaient la migraine quand vous tentiez de les discerner. Je crois bien que Barry m'avait parlé de cette boîte, mais je n'aurais su dire pourquoi. J'avisai les lieux et souris. Si j'avais escompté être déprimé, j'avais trouvé l'endroit idéal. Oui, me dis-je en m'installant sur un tabouret au coin du bar, c'est vraiment la tasse intégrale, le trou vraiment perdu. Sinistre au point de bloquer dans son élan ma soirée merdique, ce qui était indubitablement une bonne chose. Je comptais m'en prendre un dernier, pour la route, admirer l'autre et me rentrer en taxi.

Et puis, je vis Lise.

Elle ne m'avait pas vu, pas encore, et j'avais encore mon manteau, col de tweed remonté contre la pluie. Elle était tout au fond du bar, au coin, deux verres vides devant elle, des grands, le genre qu'on vous sert avec des petites ombrelles chinoises ou des sirènes en plastique, et lorsqu'elle leva la tête pour regarder le garçon à côté d'elle, je vis le wizz flamboyer dans ses yeux et sus que ces breuvages n'avaient jamais contenu une goutte d'alcool car la quantité de drogue qu'elle absorbait n'aurait jamais toléré le mélange. Le gosse, en revanche, était bien parti, sourire niais, prêt à dégringoler de son perchoir, et bavochant je ne sais trop quoi tout en essayant désespérément de fixer Lise, assise avec le blouson de cuir noir de ses habilleuses zippé jusqu'au menton et le crâne prêt à transpercer la peau livide de son visage comme une ampoule de mille watts. Et voyant ce spectacle, la voyant là, je compris d'un coup quantité de choses.

Qu'elle était réellement en train de mourir, que ce soit du wizz, de sa maladie ou de la combinaison des deux. Qu'elle en était foutrement consciente. Que le garçon à ses côtés était trop bourré pour avoir remarqué l'exosquelette mais pas assez pour ne pas avoir noté le blouson coûteux et l'argent qu'elle avait pour payer à boire. Et que la réalité de ce que je voyais correspondait parfaitement aux apparences.

Mais j'étais bien incapable d'en faire la synthèse sur le coup, j'étais incapable de calculer. Quelque chose en moi reculait.

Et elle était en train de sourire, du moins ce qu'elle devait estimer être un sourire, l'expression qu'elle pensait convenir à la situation, hochant la tête en synchronisme avec les inepties bafouillées par le garçon, et cette horrible remarque qu'elle avait faite me revint, celle à propos du plaisir des voyeurs.

Et je sais également quelque chose à présent. Je sais que si je ne m'étais pas trouvé là, si je ne les avais pas vus tous les deux, j'aurais été capable d'accepter tout ce qui devait advenir par la suite. Peut-être même de trouver moyen de me réjouir de son sort, trouver moyen de croire en ce qu'elle a pu devenir depuis, ou qu'elle a du moins bâti à son image, un programme qui prétend être Lise au point de croire lui-même être elle. J'aurais pu croire ce que croit Rubin, qu'elle était passée de l'autre côté, notre Jehanne high-tech sacrifiée au bûcher hollywoodien pour l'union avec cette divinité câblée, qu'elle y était passée au point que plus rien n'importât pour elle que l'heure de son départ. Qu'elle rejetait ce triste et pauvre corps avec un cri de soulagement, enfin libérée du joug de la fibre de carbone et de la chair détestées. Enfin, peut-être qu'après tout c'est ce qu'elle a fait. Peut-être en a-t-il été ainsi. Je suis sûr en tout cas que tel était son vœu.

Mais la voyant là, la main de ce gosse ivre dans la sienne, cette main qu'elle ne pouvait même pas sentir, je compris, une bonne fois pour toutes, que nulle raison humaine n'était entièrement pure. Que même Lise, avec son désir corrosif, insensé, de vedettariat et d'immortalité cybernétique, avait des faiblesses. Qu'elle était humaine d'une façon que je me haïssais d'admettre.

Elle était sortie ce soir-là, je le savais, pour se faire ses adieux. Pour trouver quelqu'un d'assez ivre pour les faire à sa place. Parce que je le compris alors, c'était vrai : elle aimait effectivement jouer les voyeurs.

Je crois qu'elle m'aperçut au moment où je sortais. Je courais presque. Et si c'est le cas, je suppose qu'elle dut me haïr encore plus que jamais, pour l'horreur et la pitié qui se lisaient sur mes traits.

Je ne devais plus jamais la revoir.

Un jour, il faudra que je demande à Rubin pourquoi les Wild Turkey amers sont les seuls cocktails qu'il sache faire. D'une force industrielle, les amers de Rubin. Il me passe le gobelet d'alu cabossé, tandis qu'autour de nous sa piaule cliquette et bruisse de l'activité furtive de ses plus infimes créations.

« Tu devrais venir à Francfort, me répète-t-il.

– Pourquoi, Rubin ?

– Parce qu'un de ces quatre, elle va te rappeler. Et j'ai comme l'impression que tu n'y es pas préparé. Cette histoire continue de te turlupiner et ça aura sa voix, ça pensera comme elle et ça te rendra trop mal à l'aise. Viens donc à Francfort avec moi, histoire de souffler un peu. Elle n'en saura rien…

– Je te l'ai déjà dit, fis-je, me souvenant d'elle au bar dans ce club, j'ai plein de boulot. Max…

– Max, mon cul. Max t'a rendu riche, c'est tout. Max peut aller se faire foutre. Tu es riche aussi avec les droits de production sur *Kings,* si tu n'étais pas trop têtu pour vouloir appeler ta banque. Tu peux te payer des vacances. »

Je le regarde et me demande quand je lui révélerai l'histoire de cette vision finale. « Rubin, je suis sensible à ton offre, vieux, mais franchement, je… »

Il boit, soupire. « Mais quoi ?

– Rubin, si elle m'appelle, est-ce que ce sera *elle* ? »

Il me considère un long moment. « Dieu seul le sait. » Bruit sec de sa tasse sur la table. « Je veux dire, Casey, la technologie est là, mec, alors qui, je te demande franchement, qui peut le dire ?

– Et tu crois vraiment que je devrais t'accompagner à Francfort ? »

Il retire ses lunettes à monture d'acier et les nettoie inefficacement sur le devant de sa chemise écossaise en flanelle.

« Ouais, je crois. T'as besoin de repos. Peut-être pas tout de suite, mais plus tard, sûrement.

– Comment ça ?

– Quand il faudra que tu mixes son prochain disque. Ce qui ne va presque à coup sûr pas tarder, parce qu'elle a vachement besoin d'argent. Elle mobilise une quantité de mémoire morte dans l'unité centrale d'une société quelconque, et son pourcentage sur *Kings* est loin de couvrir les frais qu'ils ont dû engager pour la mettre là. Et tu es son producteur, Casey. Enfin, je veux dire, qui à part toi ? »

Et je me contente de le fixer quand il range les verres, comme si j'étais incapable de bouger.

« Qui d'autre, mec ? »

Et l'une de ses constructions se met à cet instant précis à cliqueter, rien qu'un infime petit bruit bien net, et je me rends compte alors qu'il a raison.

Librio
Le livre à 10F

215

Achevé d'imprimer en Europe
à Pössneck (Thuringe, Allemagne)
en mars 1998 pour le compte de EJL
84, rue de Grenelle 75007 Paris
Dépôt légal mars 1998

Diffusion France et étranger : Flammarion